강한 금강불괴 되다 3

김대산 현대 판타지 소설

초판 1쇄 찍은 날 § 2019년 8월 26일
초판 1쇄 펴낸 날 § 2019년 9월 2일

지은이 § 김대산
펴낸이 § 서경석

총괄팀장 § 노종아
편집책임 § 강민구
디자인 § 소소연

펴낸곳 § 도서출판 청어람
등록번호 § 제387-1999-000006호
등록일자 § 1999. 5. 31
어람번호 § 제1-3043호

주소 § 경기도 부천시 부일로 483번길 40 서경B/D 3F (우) 14640
전화 § 032-656-4452 팩스 § 032-656-4453
http://www.chungeoram.com
E-mail § chungeorambook@daum.net

ISBN 979-11-04-92044-8 04810
ISBN 979-11-04-92031-8 (세트)

MODERN FANTASTIC STORY

강한 금강불괴 되다 3

김대산 현대 판타지 소설

도서출판 청람

강한
금강불되다

Contents

제3장
—
사건의 재구성

상황 1

김강한은 입사 3개월 차의 신입 사원이다. 지방대 경영학과를 졸업한 그는 유경 건설에 입사했다. 불만은 없다. 번듯한 대기업은 아니지만 국내 도급 순위 20위권의 중형 건설사이고, 또 비록 재계 서열을 따질 만큼의 규모는 아니지만 그래도 대여섯 개나 되는 계열사를 거느린 유경 그룹의 주력 기업인 것이다.

그리고 요즘 취업이 얼마나 어려운가? 그나마 뒤늦게라도 정신 차려서 밤잠 안 자고 스펙을 주워 모은 덕분에 이 정도라도 된 것을 오히려 다행스럽게 생각하고 만족한다.

금요일이다. 김강한이 근무하는 자금부는 다음 주에 있을 반기 결산보고를 앞두고 다들 정신이 없다. 김강한은 출근한 뒤로 내내 눈치를 보고 있는 중이다.

어젯밤 친형에게서 전화 한 통을 받은 것 때문이다. 형의 첫 아이이자 그의 첫 조카 돌잔치를 겸해서 이번 주말에 어머니까지 모시고 함께 가족 여행을 가자는 제안이었다. 콘도까지 미리 예약해 두었단다.

그런데 하필이면 이번 주말이라니! 반기 결산보고 준비 때문에 지금 부서 전체가 비상사태에 돌입해 있는 중이고, 지난 주말부터는 누구라고 할 것 없이 당연하게 특근을 하는 분위기다.

물론 이제 3개월 차의 아직 업무 교육[OJT]도 채 끝나지 않은 신입 사원 처지에 딱히 할 일이 있을 리는 없다. 그러나 조직이지 않은가? 다들 바빠서 허덕거리는 중인데, 그 혼자 한가하게 여행을 가겠다는 말을 할 용기가 쉽게 나지 않는다.

그렇더라도 말을 해야만 한다. 가족이라곤 형과 어머니뿐인데, 형의 결혼으로 새롭게 가족이 된 형수와 다시 선물처럼 가족이 되어준 조카다. 하나뿐인 삼촌으로서 천금같이 귀한 조카의 돌잔치에는 꼭 참석하고 싶다. 아무리 회사 일이 바빠도, 또 처신하기 조심스러운 신입 사원 입장이라고 해도 그래도 가장 중요한 건 가족이 아니겠는가?

김강한은 벌써부터 가빠지는 숨을 애써 추스르며 부장 자리로 간다.

"저… 부장님."

"어, 김강한 씨. 왜?"

"저기… 이번 주말에 집안에 중요한 일이 좀 있어서……."

김강한이 쭈뼛거리며 말을 쉽게 잇지 못하는데, 조정수 부장이 싱긋 웃으며 받는다.

"알았어!"

"예?"

"허허! 집안에 중요한 일이 있다며? 그럼 당연히 가봐야지! 일 걱정은 잠시 내려놓고 갔다 와!"

"감사합니다, 부장님!"

김강한이 꾸벅 머리를 숙인다.

상황 2

주간 부서장 회의에 들어갈 준비를 하던 조정수 부장의 휴대폰이 울린다. 집이다. 전화를 받던 조정수 부장의 얼굴이 굳어진다. 병원 중환자실에 계시던 모친이 별세했다는 연락이다.

당장에 눈물이 앞을 가리지만, 조정수 부장은 애써 심정을 추스른다. 우선은 당장의 급한 업무들을 인계해야 한다. 더욱이 오늘은 그가 직접 처리해야 하는 아주 중요한 일 한 가지가 있다.

자금부에서 그 다음의 서열인 윤종걸 차장을 부른 조정수 부장은 책상 뒤쪽의 대형 금고를 열고 그 안에 들어 있는 하드 케이스 가방 하나를 보여주면서 무겁게 당부한다.

"윤 차장, 오후쯤에 그룹 기조실에서 연락이 올 거요. 그럼 그쪽에서 하라는 대로 안전하게 전달만 해주면 돼요. 단, 중요한 일이니까 윤 차장이 직접 전달하도록 하세요."

윤종걸 차장은 이미 부장의 모친상 소식을 접한 터다. 그리하여 당장 대타로 들어가야 할 주간 부서장 회의에 대해 잔뜩 스트레스를 받고 있는 중이라 그의 대답이 약간쯤은 건성이다.

"예, 알겠습니다. 걱정 마십시오."

상황 3

윤종걸 차장은 길게 하품을 한다. 점심 식사 후에는 늘 잠깐의 낮잠을 느긋하게 즐기는 그다. 그러나 오늘은 오전에 주간 부서장 회의에 들어가서 그야말로 박살이 난 충격에다 또 잠시 후에 있을 재무 담당 상무 주재 반기 결산보고 사전 점검 회의에 대한 준비로 낮잠도 건너뛰었다. 조정수 부장에 대해 괜한 원망마저 생긴다. 상을 당해도 왜 하필 이럴 때인가 말이다. 무거운 피곤이 겹겹이 밀려온다.

따르릉따르릉!

혼곤한 중에 전화벨 소리가 계속 울리고 있다. 아무도 당겨 받지 않는다는 데서 짜증이 울컥 치미는 중에, 그 전화가 부장 책상에서 울린다는 걸 뒤늦게 깨달은 윤종걸 차장이 얼른 전화를 당겨 받는다.

"여보세요? 자금부 윤종걸 차장입니다!"

"기조실 김익수 과장입니다. 조정수 부장님 안 계십니까?"

기조실이란 말에 윤종걸 차장의 남아 있던 졸음기가 확 달아난다. 오전 일과를 정신없이 보내느라 깜빡 잊고 있던 조정수 부장의 당부가 퍼뜩 떠오른 때문이다.

"아, 예! 조 부장님이 오늘 모친상을 당하셨습니다! 안 그래도 기조실에서 연락이 오면 협조하라는 지시가 있으셨습니다!"

"아, 그렇습니까? 그럼… 기조실장님 지시 사항을 전달해 드리겠습니다."

"예, 예, 말씀하십시오!"

윤종걸 차장은 저도 모르게 허리를 벌떡 세운다. 기조실장이라면 그룹 전체에서도 손가락 안에 꼽히는 실세인 까닭이다.

"총무부에서 5800번 공용 차량을 배차받으십시오. 그리고 준비된 물건을 트렁크에 실으시고 정확하게 17:00시 정각 시간 엄수하셔서 강북에 있는 삼현 종합병원 지하 2층 주차장 엘리베이터 가까운 곳에다 차를 주차해 두시면 됩니다. 이상입니다."

상황 4

윤종걸 차장은 마음이 급하다. 현재 시각어 15:00시다. 강북의 병원까지는 1시간이면 족할 거리지만, 17:00시 정각까지라고 못이 박힌 게 여간 마음을 무겁게 하는 게 아니다. 가는 길에 차가 막힐 수도 있는 일이고, 또 다른 돌발 상황이 생길 수도 있는 것이니 근처에 가서 남는 시간을 때우는 한이 있더라도 일단은 여유를 두고서 출발하고 볼 일이다.

그런데 문제는 그가 직접 갈 형편이 도저히 안 된다는 것이다. 잠시 뒤의 반기 결산보고 사전 점검 회의에는 자신과 실무 과장급이 전부 참석해야만 한다. 더욱이 대리급들은 오늘따라 이런저런 출장에다 조정수 부장 상가에 지원까지 나가 있는 중이다. 그러다 보니 부서에 남는 인원이라곤 사원 몇뿐인데, 지금 저마다 이리 뛰고 저리 뛰며 제 앞가림들을 하느라 정신을 차리지 못하는 모습이 빤히 보이는 형편이다.

'쩝! 다들 불알에 요령 소리가 나는 판인데… 제기랄! 하필이면 오늘 같은 날에 무슨 기조실 잔심부름까지 하라는 거야? 도대체 우리 자금부에서 그런 것까지 해야 돼?'

윤종걸 차장이 내심으로 투정을 뱉던 중에 퍼뜩 눈에 들어오는 친구가 하나 있다. 입사한 지 삼 개월이 지나지 않아 아직 신입 사원 OJT 중인 그는 다들 바쁘게 돌아가는 와중에 혼자서 한가한 모습인데, 그래서 오히려 불안해하는 기색이다.

"이봐, 김강한 씨!"

윤종걸 차장의 부름에 신입 사원 김강한이 바짝 군기 든 모습으로 재빨리 달려온다.

"예, 차장님!"

"운전할 줄 알아?"

"예! 군에서 대대 1호차 운전병이었습니다!"

"그래? 잘됐네. 자네 말이야, 지금 바로 총무부에 가서 5800번 차량 배차 신청 좀 하게."

"5800번 차량입니까?"

"응. 차 번호 확실하게 확인하고, 차 인계받아서 나한테 다시 오게."

"예, 알겠습니다!"

상황 5

유경 그룹 기획조정실장 상무 정호일은 잔뜩 굳은 표정으로 차창 밖으로 스치는 한강을 보고 있다. 처음 하는 일도 아니건만, 생때같은 돈을 거저 주면서 허리까지 숙여야 하는 상황에는 매번 기분이 더럽다. 날씨마저 뿌옇게 흐려서인지 기분은 더욱 깊게 가라앉는다.

룸미러로 뒷좌석의 정호일 상무를 흘깃거리면서 조수석의 김익수 과장은 조심스럽다. 마치 살얼음판을 걷는 기분이다. 나이는 한참 어리지만 정호일 상무는 그의 상사다. 상사도 그냥 상사가 아니다. 그룹 회장의 아들이자 후계자이니 그야말로 하늘 같은 존재다. 더욱이 비서 역할을 한 지도 벌써 이 년째라 지금 정호일 상무의 기분 상태가 어떤지 알고도 남음이 있고, 또 이런 기분일 때 그가 유독 집착적인 성격으로 돌변해서 어디에라도 화를 전가시켜 풀지 않으면 견디지 못하는 성격이라는 것을 아는 때문이다. 자칫 불똥이 튀지 않도록 최대한 조심을 기해야 하는 것이다.

김익수 과장은 나직이 안도의 한숨을 삼킨다. 차가 이윽고 목적지인 삼현 종합병원 뒤쪽의 주택가 골목으로 접어든 때문이다. 그런데 그 순간,

끼익!

차가 갑자기 급브레이크를 밟으면서 몸이 앞으로 확 쏠린다.

"뭐야? 이게 뭐 하는 짓이야?"

뒷좌석에서 여지없이 고함이 터져 나온다.

"죄송합니다! 고양이가 갑자기 뛰어드는 바람에……!"

운전대를 잡은 박한용 기사가 크게 당황하며 잔뜩 기어들어 가는 목소리다.

"고양이라고? 지금 겨우 고양이 때문에 이런 위험한 짓거리를 했다는 거야?"

"죄, 죄송합니다!"

사십 대 중반의 박한용 기사가 연신 고개를 조아리지만, 김익수 과장은 정호일 상무의 눈빛이 변하는 걸 본다. 그가 우려하던 일이 기어코 터지는 중이다.

"이런, 씨발! 이게 죄송하다고 될 일이야? 내가 다쳤어도, 아니, 내가 죽었어도 그냥 죄송하다고 끝낼 거냐고? 어?"

김익수 과장도 다급해진다. 이대로 두면 정호일 상무는 걷잡을 수 없이 폭발하게 되고, 그렇게 되면 무슨 짓을 저지를지 알 수 없다.

"상무님, 고정하십시오."

김익수 과장이 조심스럽게 나서는데, 역시나 레이저 광선 같은 정호일 상무의 눈빛이 그의 눈을 확 후비고 든다.

"고정하긴 뭘 고정해? 김 과장 당신도 함부로 나서지 마!"

그러곤 정호일 상무가 거칠게 차 문을 박차고 내리더니 단걸음에 운전석 쪽으로 가서는 차 문을 확 열어젖힌다.

"야! 내려!"

"아이고! 상무님, 잘못했습니다! 한 번만… 제발 한 번만 용서해 주십시오!"

박한용이 지레 질린 채로 숫제 애원을 해보지만, 정호일 상무는 이미 폭군으로 변해 버린 후다.

"이 새끼 봐라? 내리라는 소리 안 들려, 이 개새끼야!"

박한용이 사색이 되어 차에서 내리자, 정호일 상무는 희번 덕거리는 눈으로 주변을 둘러본다. 사람들의 이목 피할 곳을 찾는데, 마침 바로 근처에 오 층짜리 상가건물을 증축 중인 공사 현장이 있다.

"따라와!"

정호일 상무가 앞장서서 성큼성큼 걸어가자 박한용이 애처 로운 눈빛으로 김익수 과장을 돌아본다. 그러나 김익수 과장 은 고개를 돌릴 수밖에 없다. 이미 그가 말릴 수 있는 단계는 넘어섰다. 차라리 때리는 대로 순순히 몇 대쯤 맞아주고, 그 걸로 정호일 상무의 화가 풀리기를 바라는 수밖에는 없다.

상황 6

"차렷!"

정호일의 호령과 그 살벌한 눈빛에 박한용은 화들짝 차렷 자세를 취하며 그대로 얼어붙고 만다.

픽!

정호일의 주먹이 그대로 박한용의 얼굴에 꽂힌다.

"악!"

박한용이 단말마의 비명을 토해내고는 얼굴을 감싸 쥔 채로 풀썩 주저앉고 만다.

"일어서! 일어서라고, 새끼야!"

정호일이 고래고래 고함을 지른다. 그러나 박한용은 충격이 심한지 쉽게 일어나지를 못한다. 정호일의 눈이 돌아간다. 이윽고 제 성질을 이기지 못하고 폭발하고 만 것이다.

"죽어! 뒈져 버려, 개새끼야!"

저주를 퍼붓듯이 소리소리 지르며 마구 치고 차고 짓밟는 정호일의 모습에서는 광기마저 비친다. 김익수는 차라리 고개를 돌려 버린다. 차마 지켜볼 수 없어서이다.

그러기를 한동안, 김익수는 퍼뜩 고개를 돌려본다. 간간이 들리던 박한용의 비명 소리가 아예 들리지 않아서다. 뭔가 심상치 않다는 판단에 그가,

"그만하십시오, 상무님!"

다급히 외치며 달려가 두 팔로 정호일의 몸을 가둔다.

"놔! 이거 안 놔? 김 과장, 너 이 새끼, 너도 맞을래?"

정호일이 발작적으로 몸을 뒤틀어댄다.

"상무님, 잠깐만요! 뭔가 잘못된 것 같습니다!"

김익수가 다급하게 고함을 치고 나서야 정호일이 겨우 광기를 추스르며 바닥에 널브러진 박한용을 내려다본다. 그런데 박한용의 입에서는 부글거리며 거품이 일어나고 있다.

"뭐야? 이 새끼, 왜 이래?"

"호흡을 제대로 못 하고 있습니다!"

"이런! 뭐 하고 있어? 빨리 차에 태워서 응급실로 데리고 가!"

"그럼 상무님은……?"

"난 걸어갈 테니까 빨리 가봐!"

"예, 알겠습니다!"

김익수가 늘어진 박한용을 황급히 승용차 뒷좌석으로 옮기고는 그대로 차를 출발시킨다.

"에이, 씨발! 오늘 일진이 왜 이래?"

정호일은 욕지거리를 뱉으며 앞쪽으로 보이는 병원 건물을 향해 걸음을 서두른다.

상황 7

뾱!

차 문이 잠기는 소리가 경쾌하다. 마음에 드는 차다. 디자인과 성능, 승차감까지. 그러나 마음에만 들 뿐이지, 감히 욕심을 내볼 수는 없다. 상당한 고급 차종이니 언제 그만한 돈을 모을 수 있을 것인가?

[17:00시 정각에 삼현 종합병원 지하 2층 주차장 엘리베이터 가장 가까운 곳에 차를 주차해 두고 올 것.]

윤종걸 차장이 하드 케이스 가방 하나를 직접 차 트렁크에 실어주고 김강한에게 지시한 내용이다.

지금 시간이 정확히 17:00시. 지시 사항대로 완벽하게 수행한 셈이다. 그러나 김강한은 쉽게 그곳을 떠나지 못한다. 차 트렁크에 윤종걸 차장이 직접 실어줄 정도로 중요한 물건이 실렸는데, 이대로 차만 두고 가도 되는지 주제넘은 찜찜함이 생겨서다. 그리하여 그는 괜히 차 주변을 한 바퀴 돌며 창문이 제대로 닫혔나 확인하고, 다시 운전석의 문을 당겨 확실히 잠갔는지 확인도 하고, 그것으로도 모자라 리모컨 키의 잠금 버튼을 두어 번 더 누른다.

뺙! 뺙!

경쾌한 소리가 잇달아 울린다. 그제야 한결 안도가 된 김강한은 가벼운 걸음으로 엘리베이터 쪽으로 향한다.

상황 8

정호일은 지하 2층 주차장 엘리베이터에서 내리면서 짙은 색의 선글라스를 챙겨 쓴다. 그런데 그제야 불쑥 생각이 나는 게 있다.

'이런! 차 키를 안 받았잖아?'

김익수 과장에게서 자동차 키를 받아 와야 하는데 경황 중이라 두 사람 모두 미처 생각을 못 했다. 주차장에 물건을 실은 차가 세워져 있을 것이지만, 차 키가 없으니 할 수 없이 김익수 과장이 올 때까지 기다릴 수밖에 없는 노릇이다.

"에이, 씨! 김 과장 이 인간, 아무리 정신이 없어도 차 키는 제대로 챙겨 줬어야지! 하여간에 뭐가 중요한지를 몰라요!"

정호일이 중얼거리며 짜증을 삭일 때다.

뿅! 뿅!

저쪽에서 차량 잠금장치가 작동하는 소리가 들린다. 퍼뜩 돌아보니 차량 한 대의 노란색 라이트가 점멸되고 있다. 5800번. 물건이 실려 있는 바로 그 차량이다. 그리고 청년 하나가 이쪽으로 오고 있는 중이다. 유경 건설 자금부 직원이리라.

상황 9

"이봐, 거기!"

맞은편에서 부르는 소리에 김강한이 설핏 뒤부터 돌아본다. 뒤에는 아무도 없다. 그럼 그를 부르는 것인데? 세련된 양복 차림에 짙은 선글라스를 쓴 사내 하나가 주머니에 손을 찔러 넣은 채로 그를 보고 서 있다.

사내에 대한 김강한의 첫인상이 좋을 수는 없다. 나이가 그렇게 많아 보이지도 않아서 윗줄이라고 해봐야 기껏 두어 살이나 위일까? 그런데 초면에 '이봐, 거기!'라니? 뭐 이런 싸가지가 다 있나 싶다.

그러고 보니 밝지도 않은 지하 주차장에서 선글라스로 개폼을 잡고 있는 꼬락서니도 영락없는 또라이다. 양아치류인가 하면, 그것도 아니다. 덩치가 큰 것도 아니고 그렇다고 단단한 근육질의 몸도 아니다. 한마디로 별 볼 일 없게 보인다. 그러나 상대가 저렇게 기세를 잡고 나온다는 건 뭔가 있다는 얘기일 수도 있겠기에, 그리고 요즘 신입 사원으로서 각 잡힌 군기도 있기에 김강한이 일단은 격식을 갖춰 묻는다.

"뭡니까?"

그런데 사내의 하는 짓이 점입가경이다.

"차 키 내놔!"

하고 불쑥 손을 내민다.

'이 새끼, 도대체 뭐야?'

속으로야 그런 마음이지만, 김강한이 조금만 더 참는다는 생각으로 애써 침착하게 받는다.

"뭔가 착각하시는 것 같습니다만, 혹시 저 아세요?"

그러자 사내가 당장에 벌컥 한다.

"아, 씨! 오늘 진짜 다들 왜 이러냐? 야, 사람 성질 돋우지 말고 빨랑 차 키나 내놓으라고!"

이쯤 되면 김강한도 더는 곱게 받아줄 수가 없다.

"당신 진짜 뭐야? 뭔데 초면에 함부로 반말을 찍찍거려?"

"뭐? 반말 찍찍? 허!"

사내가 어이없다는 얼굴이더니 곧장 욕지거리가 튀어나온다.

"아, 씨발! 하여간 이런 덜떨어진 새끼들 때문에 내가 그냥 늙는다니까! 야, 새끼야! 꼴 보기 싫으니까 빨랑 차 키 내놓고 내 눈앞에서 사라져라! 확 부숴 버리기 전에! 빨랑!"

김강한도 이윽고는 피가 솟구치고 만다.

"뭐? 새끼? 이런 개새끼가 지금 누구보고 새끼래?"

순간 사내의 손이 곧장 김강한의 얼굴로 날아든다.

짝!

뺨에 불이 번쩍한다. 그러나 김강한이 이유 없이 맞고만 있을 성질은 아니다. 곧장 그의 주먹이 사내의 턱주가리를 갈겼고, 턱을 감싸 잡고 주저앉는 사내를 쫓아가며 다시 한번 얼굴을 차올린다.

퍽!

뒤로 벌렁 나가떨어지는 사내의 코에서 핏줄기가 터진다. 그런 채로 사내는 충격이 큰지 멍한 빛으로 감히 몸을 일으킬 생각조차 못 하는 모습이다.

"신고하려거든 해라! 근데 이 시대를 사는 같은 젊은이로서 한마디만 해주마! 인생 똑바로 살아라, 새끼야!"

김강한이 사내를 향해 차갑게 뱉어주고는 미련 없이 뒤돌아선다.

"흐흐… 흐흐… 흐흐……!"

등 뒤에서 우는 건지 웃는 건지 애매한 소리가 들린다. 사내가 내는 소리다. 그러나 김강한은 엘리베이터를 기다릴 것도 없이 곧장 비상구를 향해 성큼성큼 걸어간다.

"흐흐흐, 너… 이… 새끼, 죽여… 버린다."

사내가 서늘하게 가라앉은 웃음소리와 함께 한 음절씩 씹어뱉는 듯이 차갑게 중얼거렸지만, 그때쯤 이미 비상구 계단을 오르고 있는 김강한은 듣지 못했다.

상황 10

재무 담당 상무가 주재하는 반기 결산보고 사전 점검 회의를 마치고 나온 윤종걸 차장은 아무래도 찜찜하다. 지금쯤 지정된 장소에 차를 주차시키고도 남았을 시간인데, 김강한으로부터는 아직 아무 연락도 없다. 생각해 보니 조정수 부장이 그에게 직접 하라고 지시한 일인데, 시쳇말로 입사 원서에 잉크도 마르지 않은 새파란 신입 사원에게 그 일을 시킨 데 대한 불안감이 뒤늦게 스멀거리며 일어난다. 그는 자리로 돌아오자마자 전화를 건다.

"김강한 씨?"

"예, 차장님."

"어떻게 됐어?"

윤종걸 차장의 물음에 김강한은 우선 떨떠름하다. 그러나 어쨌든 지시한 대로 했으니 일과 무관한 사항까지 미주알고주알 다 말할 필요는 없으리라.

"조금 전에 차 주차시켜 놓고 지금 사무실로 복귀하려고 버스를 기다리고 있는 중입니다."

"아니, 이 사람아. 일을 끝냈으면 끝냈다고 먼저 보고를 해 줘야지!"

"아, 죄송합니다. 사무실로 복귀해서 상세하게 보고드리려고 했습니다."

"허허! 자네의 그 상세한 보고 받으려고 나더러 상무님이 주관하시는 회식에도 가지 말고 사무실에서 기다리고 있으란 말인가?"

"아, 아닙니다! 죄송합니다! 제가 생각이 짧았습니다!"

"됐네! 어쨌든 수고했어!"

윤종걸 차장이 전화를 끊으려는 걸 김강한이 얼른 말을 붙인다.

"저기… 차장님."

"왜?"

"회식에 가시면 사무실에는 다시 안 들어오십니까?"

"아마 그럴걸."

"저기… 오전에 부장님께는 말씀드렸는데……."

"뭔데?"

"제가 집안에 중요한 행사가 좀 있어서 이번 주말에는 출근을 못 할 것 같습니다."

윤종걸 차장의 목소리가 설핏 올라간다.

"꼭 가야 하는 자리야?"

"예. 집안 어른들과 이미 약속이 다 되어 있어서……."

"부장님 허락은 받았고?"

"예."

"알았어. 그럼 그렇게 하면 되겠네, 뭐."

윤종걸 차장의 반응에서는 여전히 조금의 못마땅하다는 느낌의 여지가 보인다.

"죄송합니다. 부서원들 전부가 바쁜데 저만……."

김강한의 목소리가 죽어든다.

"됐어. 그리고 기왕에 그럴 것 같으면 사무실로 복귀할 것 없이 거기서 바로 퇴근하도록 해."

윤종걸 차장이 또 슬쩍 풀어주는 모양새다.

"아, 아닙니다. 사무실로 복귀하겠습니다."

"그럴 거 없다니까. 지금 한창 도로도 막힐 시간이고, 저녁도 먹어야 할 거 아냐? 그리고 사무실에 와봤자 과장들은 다 나랑 같이 회식에 참석할 거니까 특별히 자네가 해야 할 일도 없을 거야. 그러니까 거기서 바로 퇴근하도록 해. 집안 행사 잘 치르고 오도록 하고."

"감사합니다, 차장님."

상황 11

김강한의 형은 이번 가족 여행을 위해 SUV 차량을 렌트했다. 운전대는 우선 형이 잡고 돌아오는 길에는 김강한이 교대하기로 했다. 덕분에 김강한은 조수석에 앉아 뒷좌석 돌배기 조카의 재롱을 맘껏 감상하며 갈 수 있게 되었다.

김강한이 깜빡 졸았나 보다. 차가 휘청거리는 느낌에 눈을 떴는데, 터널 안을 달리고 있는 중이다. 그런데 오른쪽 바로 가까이로 거대한 형체 하나가 나란히 달리고 있다. 대형 트럭이다.

"어어……?"

김강한이 놀라 외치면서도 차창 밖의 위쪽을 올려다보았고, 그 순간 한 쌍의 눈과 시선이 마주친다. 트럭 운전사다.

"형! 더 밟아! 앞으로 빠져나가!"

김강한이 외쳤고,

부우웅!

거친 엔진 소리와 함께 SUV가 급가속하며 트럭을 제치고 앞으로 달려 나간다. 그런데 그 순간이다.

쿵!

트럭이 SUV의 오른쪽 후미를 들이받는다. SUV가 그대로 튕기며 터널 벽에 부딪힌다. 그리고 다시 튕겨 나온 SUV는 빙글 차체가 뒤집히면서 전복되고 만다.

김강한은 정신을 잃은 것 같다. SUV가 전복된 후에도 트럭이 계속 쫓아가며 재차 터널 벽 쪽으로 밀어붙이고는 한참을 더 끌고 갔다는 사실을 김강한은 나중에 사고 조사를 하는 과정에서야 알게 되었다.

상황 12

어머니, 형과 형수, 돌배기 조카까지 모두 죽었다. 믿을 수 없는 사실은 김강한 자신은 살아남았다는 것이다. 가벼운 상처만 입었을 뿐. 그는 울부짖었다. 혼자 살아남은 자신을 저주하고 그 혼자만 살아남게 만든 운명을 처절하게 저주했다.

한꺼번에 네 사람의 장례를 어떻게 치렀는지 김강한은 기억조차 하지 못한다. 회사에서도 많은 이들이 문상을 와줬지만, 막상 누가 왔는지는 기억에 없다.

그때는 아무 생각도 없었다. 잠깐이라도 눈을 붙이면 어머니와, 형 부부, 조카의 얼굴이 나타났다. 그는 실성한 것처럼 그 얼굴들에게 애원했다. 가지 말라고. 갈 거면 그도 같이 데리고 가달라고.

상황 13

사고를 낸 트럭 기사는 과실치사상의 죄목으로 10년 형을 선고받고 교도소에 수감되었다. 그러나 김강한은 도무지 후련하지가 않다. 그 트럭 기사에게 10년 형이 아니라 사형이 선고

되었다고 해도 죽은 가족이 살아 돌아오지는 못하는 것이다.

더욱이 여전히 남는 한 가지 의문은 내내 그를 괴롭혔다. 그러나 그것은 증명할 수도 없고, 그리하여 어디에다 하소연할 수도 없는 의문이다.

그때 그는 분명히 보았다. 조수석에 앉은 그의 오른쪽 2차선에서 저돌적으로 접근해 오던 트럭의 기사를. 올려다보는 그의 시선과 내려다보는 트럭 기사의 시선이 마주쳤을 때, 트럭 기사의 눈빛은 당황하거나 놀라는 빛 하나 없이 선명하도록 또렷했다. 마치 일부러, 아니, 반드시 부딪치고자 하는 의지가 서린 것처럼.

김강한은 경찰과 재판부에 대해서도 불신했다. 그때 경찰의 수사 과정과 또 재판 과정에서 그는 사고 당시에 직접 목격한 정황에 대해 상세하게 진술했다. 그리고 졸음운전에 의한 단순 과실 사고가 절대 아니며 분명 뭔가 다른 내막이 있는 것 같으니 철저하게 수사해서 진실을 밝혀달라고 한결같이 주장하고 이의를 제기했다.

그러나 경찰과 재판부는 그의 주장을 일방적으로 무시하고 전혀 근거가 없다고 일축했다. 트럭 기사가 어떤 의도를 가지고 고의로 사고를 냈을 가능성에 대해서는 최소한의 당위성도 찾을 수가 없다고 했다. 트럭 기사가 피해자들과 전혀 무관한 사이이고, 그 사고로 어떤 이익을 취하려 했다는 정황이 전혀 없는데 도대체 무슨 억하심정이 있어서 그런 일을 벌이겠느냐고 했다. 더욱이 김강한의 가족이 탄 SUV 차량이 그날 그 시간에 그 터널을 지나갈 것을 트럭 기사가 미리 인지하고 있을 개연성도 전혀 없지 않느냐고 했다.

상황 14

사람의 확신이란 얼마나 하찮은 것인지. 시간이 가면서 김강한 스스로도 그날의 사고에 뭔가 다른 내막이 있을 거라는 의심은 점차 분명치 않게 되었다. 심지어 그때 그가 본 트럭 기사의 그 또렷했던 눈빛마저도 그것이 진짜였는지, 아니면 그가 그렇게 상상한 것일 뿐인지조차 확신할 수 없게 되었다.

결국에 남는 것은 견디지 못할 슬픔과 자책뿐이었다. 가족 모두가 죽고 그 혼자만 살아남았다는 데 대해, 함께 죽지 못하고 그 혼자만 살아남았다는 데 대한 처절한 자책.

회사에 사표를 낸 그는 이후로 죽지 못해 삶을 살았다. 아무런 의욕도 의미도 없이 하루하루를 소비하며 힘겹게 버텨냈다.

제4장

단죄(斷罪)

편승(便乘)

정호일은 오랜만에 회사 임원들과 함께 저녁 식사를 했다. 간단히 반주로 마신다고 했지만 한 잔씩 주고받다 보니 취할 정도는 아니지만 조금 얼큰해졌고, 그 때문이겠지만 평소와는 다르게 이런저런 상념에 젖어들게 된다. 그러는 동안에 차는 어느새 그가 숙소로 삼고 있는 오피스텔의 지하 주차장에 도착한다.

"아침에 임원 회의가 있으니까 한 30분쯤 일찍 와."

그의 말에 차 문을 열어주던 운전기사 서일수가 허리를 숙인다.

"예, 대표님."

차가 주차장을 빠져나가는 걸 잠시 지켜보고 있다가 정호일은 엘리베이터 쪽으로 걸음을 향한다. 엘리베이터를 타는 전용 공간은 유리문으로 외부와 차단되어 있다.

그런데 그가 비밀번호를 누르고 열린 유리문 안으로 들어설 때다. 뒤쪽에서 누군가 재빨리 그를 따라서 안으로 들어선다. 좀 전까지만 해도 분명 아무도 없었는데, 아마도 근처 기둥 뒤쪽에 숨어 있다가 유리문이 열리기를 기다려 슬쩍 따라붙은 것이리라.

기분이 찜찜하긴 하지만 기왕에 그렇게 된 걸 가지고 따지긴 또 그래서 정호일은 힐끗 상대편의 얼굴만 한번 보고는 다시 시선을 거둔다. 젊은 사내다.

그런데 그때다. 그 사내가 싱긋 웃음을 보인다. 순간 정호일은 고개가 갸웃한다. 그러고 보니 어디선가 한 번쯤 본 얼굴인 것 같다.

'어디서 봤더라?'

그런데 다시 그때다. 정호일은 갑자기 목 뒤쪽이 뜨끔하다.

"아……!"

놀라 소리를 치는데, 목소리가 제대로 나오지를 않는다. 게다가 온몸이 뻣뻣해지며 마비가 되고 만다.

"아이고, 이런……. 술을 많이 드셨나 보네?"

사내가 그를 부축하며 마침 문이 열리는 엘리베이터 안으로 밀어 넣는다.

거역 못 할 명령

"열어!"

현관문 앞에서 사내가 명령한다.

정호일은 생각대로 움직여지지 않으나마 힘껏 고개를 가로 젓는다. 완강한 거부다. 그러나 곧바로 그는 화들짝 비명을 지르고 만다.

"악……!"

역시나 소리가 제대로 나오지는 않지만, 정호일은 그 지독하고도 엄청난 고통에 온몸을 부들거리는 것으로 모자란 비명을 채운다.

"열어!"

두 번째의 명령에 정호일은 도저히 거역할 엄두를 내지 못한다.

삐, 삐, 삐, 삐!

비밀번호를 누르자 철컥하고 현관문의 잠금장치가 열린다.

경악

"당신은… 서해 개발의 조상태 대표? 당신이 왜… 내게 왜 이런 짓을……?"

정호일은 이윽고 사내의 정체에 대해 기억을 온전히 떠올린다.

"조상태 말고 또 다른 이름이 기억되지는 않나?"

김강한이 나직한 소리로 묻는다.

"무슨 소리요?"

"3년 전 삼현 종합병원 지하 주차장, 그리고 유경 건설 자금부 신입 사원."

순간 정호일의 두 눈이 커진다.

"김강한? 설마 당신이……?"

"기억력이 비상하군. 아니, 잊을 수가 없겠지? 사람 목숨을 한꺼번에 넷씩이나 앗아 갔는데, 그 이름을 그렇게 쉽게 잊으면 안 되는 것이겠지?"

정호일의 얼굴이 뒤늦게 경악으로 물들어간다.

개만도 못한

그러나 정호일의 경악은 그리 오래가지 않는다. 빠르게 경악을 추스르며 그의 눈동자가 민활하게 구른다. 그리고 김강한의 차가운 시선을 차분하게 맞받으며 잠시간의 침묵이 지난 후 그가 천천히 고개를 끄덕이며 입을 연다.

"그렇군. 보아하니 이제야 그때의 사정이 어떻게 된 건지 알게 된 모양이군. 그래서… 지금 나한테 복수를 하겠다고? 그런 거야?"

말끝에 희미하게 미소를 떠올리는 정호일의 모습에서는 느긋한 여유까지 비친다. 순간 치밀어 오르는 격정을 겨우 누르며 김강한이 말을 꺼낸다.

"우선 좀 물어보자. 지난 3년간 아무리 생각하고 또 생각해봐도 도저히 납득이 되지를 않더라고. 왜? 도대체 왜 그런 참혹한 짓을 벌인 거지? 사람이 넷이나 죽었고, 그중에는 이제 갓 돌을 맞는 돌배기 아기도 있었어."

김강한의 목소리가 어쩔 수 없이 가늘게 떨려 나온다. 그러나,

"사람은 어차피 다 죽는 거 아냐? 나이 들어 죽고, 병들어 죽고, 그리고 죽을 만한 짓을 해서 죽기도 하잖아?"

정호일이 차라리 덤덤하다.

"이런 개새끼……!"

김강한이 절규처럼 뱉으며 주먹을 치켜든다. 그러나 정호일은 놀라거나 두려워하기보다는 오히려 비릿한 웃음기를 머금는다. 그런 모습에는 김강한이 이를 악물며 다시 주먹을 거두어들인다.

"도대체… 그때 내가 너에게 뭘 잘못했지?"

김강한의 목소리가 잔뜩 응축된다.

"날 화나게 했지."

정호일의 대답에는 조금의 망설임도 없다.

"다짜고짜 화를 내고 먼저 뺨을 때린 건 너였어!"

"그래서? 그때 난 상무 직급의 유경 그룹 기조실장이었고, 넌 이제 갓 입사한 일개 계열사의 신입 말단 사원일 뿐이었어! 그것만으로도 니가 잘못한 거야! 무조건!"

"그때 난 니가 누군지도 몰랐어! 니가 말해주지도 않았잖아?"

"그런 걸 꼭 알려줘야 아는 거야? 그 정도는 아랫사람으로서 당연히, 그리고 필수적으로 알고 있어야 하는 거 아냐?"

정호일의 그 말에는 김강한이 차라리 차갑게 마음이 가라앉는다.

"그래, 그렇다고 치자! 니 말이 다 옳다고 치자고! 그러나 아무리 그래도 어떻게 겨우 그딴 것 때문에, 잠시 지나고 나면 아무것도 아닐 수 있는 그 단순하고도 가벼운 시비 때문에 어떻게 사람을 죽이니? 어떻게 일가족을 몰살시킬 수가 있냐고, 이 개자식아!"

"단순하다고? 가볍다고? 너한테는 그랬는지 몰라도 난 아니었어! 난 도저히 참을 수가 없었거든? 나는 나보다 못한 새끼가, 나보다 낮은 위치에 있는 새끼가 날 모욕하는 것을 절대로 용납하지 못해! 반드시 응징하고 열 배, 백 배로 그 대가를 치르도록 해주어야만 하거든? 다시는 주제도 모르고 설치지 못하도록 말이야! 어쨌든 내 잘못은 아니야! 니가 잘못한 거야! 니가 날 화나게 만들었기 때문이야!"

그런 데는 김강한이 새삼 부르르 진저리를 치고 만다.

"이런 개만도 못한 새끼! 그럼 이번에는 니가 날 화나게 만들었으니 나도 널 죽여 버릴까?"

죽여주마!

엷은 미소를 떠올린 정호일은 마치 김강한의 격분을 즐기는 듯하다.

"날 죽이겠다고? 니가? 후후후! 할 수 있을까? 사람을 죽인다는 게 그렇게 간단한 일은 아닌데? 기본적으로 여기까지 오는 동안에 엘리베이터며 통로 곳곳의 CCTV에 다 찍혔다는 건 알고 있나? 나한테 무슨 일이 생기면 경찰은 당장 너한테 혐의를 둘 텐데?"

느긋하기까지 한 정호일의 말투에 김강한의 눈빛에 이윽고는 차가운 살기가 서린다.

"내가 그런 따위를 신경 쓸 것 같나? 그때 가족들과 함께 죽지 못한 걸 자책하며 지난 3년간 매일매일 스스로 죽지 못해 억지로 목숨을 이어온 나다!"

그러나 정호일은 오히려 입가의 미소를 짙게 한다.

"말을 듣고 보니 오늘 난 아무래도 죽음을 피하지 못할 운

수 같군! 좋아, 본래 세상은 강한 자의 뜻대로 돌아가는 법이지! 지금 상황에서는 어쨌든 니가 나보다 더 강한 게 사실이니까 니가 죽이겠다면 미련 없이 죽어줄게! 그러나 너도 남은 평생의 대부분을 감옥에서 썩게 될 테니까 조금쯤은 위안이 되는데? 흐흐흐! 자, 죽여! 망설이지 말고 죽이라고!"

김강한은 이윽고 분명한 결심이 선다.

'그래, 죽여주마! 너에게 가장 어울리게! 가장 고통스럽게! 가장 잔인하게!'

사이코패스

김강한의 무겁게 가라앉은 눈빛에서 차갑기 이를 데 없는 살기가 번져가는 걸 실감하면서 정호일은 직감한다. 죽음을 도저히 피해 갈 수 없으며, 이제 곧 죽게 되리라는 걸. 그럼에도 이렇다 할 두려움이나 공포가 느껴지지 않는다는 건 그 스스로도 이상하다.

스스로 생각하기에도 어쩌면 그는 정말로 사이코패스인지도 모르겠다. 스스로의 감정과 고통에는 극도로 예민하지만 다른 사람에 대해서는 공감을 하지 못하는, 죄를 범하고도 스스로의 잘못을 전혀 느끼지 못하며 심지어 죽음에 대해서조차도 둔감한 반사회성 성격장애.

그래도 문득 허탈감이 밀려들기에 그는 짧게나마 생각을 정리해 본다. 마지막으로 해야만 할 무언가가 남아 있는지, 마지막 순간까지 미련을 가질 만한 무언가가 있는지.

있다! 한 가지! 아니, 한 사람!

최도준!

언젠가는 반드시 무너뜨리고자 한 목표!

공범

"니가 모르고 있는 사실이 하나 있는데, 알려줄까?"

정호일이 불쑥 뱉는다.

"마지막 유언으로 들어주지."

"최도준 기억나? 지난번 파티에서 본."

"기억하지."

"이 일에는 최도준도 무관하지가 않아."

"무슨 뜻이지?"

"그날 니가 차 트렁크에 싣고 온 그 가방에는 유경 그룹에서 정치권에 상납하는 로비 자금이 들어 있었어. 나한테서 최도준에게로, 다시 그의 아버지에게로 전달되도록 되어 있었고."

정호일이 힐끗 김강한을 살피고 나서 덤덤하게 잇는다.

"최도준은 그 사건의 수사 과정에서도 상당한 역할을 했어. 만약 그의 도움이 없었더라면 당시 수사 과정에서 사건의 실체가 밝혀졌을지도 몰라."

"음……!"

김강한의 억눌린 침음성에 정호일이 설핏 희미한 웃음기를 떠올리며 다시 말을 이어간다.

"당시 경찰은 고속도로 상황을 녹화한 CCTV 영상과 사고 당시 주변을 지나던 차량들이 제보한 블랙박스 영상을 다수 확보하고 있었어. 그리고 그것들을 통해서 사고를 낸 트럭이 일정 장소에서 미리 대기하고 있다가 너희 일가족이 탄 SUV 차량이 지나가는 걸 확인하고 바로 뒤를 쫓아간 정황을 파악했지. 뿐만 아니라 사고 장소인 터널이 가까워 오자 트럭이 최대 속도로 SUV 차량을 따라잡으면서 추돌하고, 다시 터널 벽으로 밀어붙이는 광경 등 다분히 의도적으로 사고를 냈다는 의심 정황도 확보되어 있었어. 그것뿐만이 아냐. 트럭 기사의 통화 기록을 추적해서 내가 일을 의뢰한 대부업자의 존재를 확인하고 나를 잠재적 용의자로 수사 선상에 올려놓기까지 했지. 그대로 두면 금방 나한테까지 수사 범위가 뻗칠 것 같더라고? 그래서 급하게 최도준에게 도움을 요청했지. 최도준의 아버지가 경찰과 검찰 쪽으로도 영향력이 아주 막강한 양반이거든. 덕분에 경찰 수사는 더 이상 확대되지 않았고, 재판도 그냥 단순 교통사고로 서둘러 종결이 된 거야. 결국 말하자면 최도준은 그때 사건의 공범인 셈이지."

제대로 악독한 놈

"그런 얘기를 왜 해주는 거지?"

김강한이 내심의 격정을 겨우 억누르며 묻는다.

"그냥. 별 뜻은 없어. 다만 그 사건 때문에 내가 죽어야 한다면 공범인 최도준도 함께 죽어야 공평할 것 같아서."

"음, 너란 놈은 정말… 제대로 악독한 놈이구나."

"흐흐흐! 그 말은 칭찬으로 듣지. 고맙군."

그리고 정호일이 문득 웃음기를 거두고 정색한다.

"자, 난 이미 죽을 준비가 되었으니까 죽일 거면 빨리 죽여."

그 담담한 표정이 차라리 섬뜩하다. 그러나 김강한이 또한 담담하게 표정을 가라앉힌다.

"너에게 가장 어울리는 죽음을 생각해 봤다."

"가장 어울리는 죽음? 후후! 혹시 고문이라도 하고 죽일 건가?"

"그건 너무 재미가 없지."

"그래? 흐흐흐! 이거 갑자기 궁금해지는데?"

"간단히만 말해주지. 네가 그랬듯이 나 또한 너에게 도저히 납득할 수 없는 죽음을 선사할 생각이야. 아마도 넌 마지막 그 순간까지도 네 죽음에 대해 의문을 가지면서 죽게 될 거다."

뒤늦게 정호일의 표정에 한 가닥 의혹의 기색이 떠오른다. 그리고 그 순간 김강한의 수도(手刀)가 가볍게 허공을 가르고,

팍!

정호일의 몸이 곧장 바닥으로 허물어지며 축 늘어지고 만다.

무심한 안도

차의 뒷좌석에 깊숙이 몸을 묻는 김강한에게서 완전히 타버린 뒤의 잿빛 같은 피곤이 묻어난다.

"괜찮으십니까?"

쌍피가 예의 그 무심한 투로 묻는다. 김강한은 쌍피를 주차장에 남아 있도록 했다. 이것은 그의 개인적인 단죄이자 복수이기에 그 혼자서 처리하고 싶어서이다. 그러니 쌍피로서는 그와 정호일 사이에 무슨 일이 벌어졌는지, 또 자신이 짐작하는 대로의 일이 벌어졌다면 그 뒤처리는 어떻게 했는지 등등에 대한 의문과 우려가 작지 않을 법하다. 쌍피의 그런 심정을 짐작해 보는 것만으로도 김강한이 가벼운 안도를 느끼게 되지만, 막상은 그저 무심한 투로 짧은 대답을 뱉는다.

"응."

쌍피도 더 이상은 묻지 않고 그저 담담히 침묵을 지킨다.

"출발해."

역시나 짧은 김강한의 말에 차가 조용히 미끄러지며 지하 주차장을 빠져나간다.

통밥

서일수는 여느 때처럼 오피스텔 지하 주차장에 차를 대고 대기 중이다. 시간이 되었건만, 대표이사는 아직 내려오지 않고 있다.

"아침에 임원 회의가 있으니까 한 30분쯤 일찍 와."

어젯밤에 대표이사가 한 말에서 서일수는 전문 운전기사로서 다년간 고위급 임원들을 모셔온 경험으로 통밥을 재본다. '십 분쯤 더 기다려 본 후에 그래도 내려오지 않으면 그때 전화를 넣는 것이 좋으리라.'

승자와 패자

우웅~ 우웅~!

성가시게 울려대는 휴대폰 진동 소리에 정호일은 깊고 무거운 잠에서 겨우 깨어난다. 그러곤 곧장 소스라친다. 자신이 살아 있다는 데 대해서.

도저히 죽음을 피할 수 없는 상황이라고 직감했고, 모든 걸 포기하고 마지막 순간을 맞았건만 그는 지금 살아 있는 것이다.

그러나 안도와 희열은 잠시뿐이다. 이내 스멀스멀 기분이 더러워진다. 농락당한 기분이다. 놈은 결국 그저 나약한 범주의 인간에 불과했던 것이다. 저항도 못 하는 사람 하나 죽일 용기조차 없는. 그런 나약한 인간의 유치한 위협에 그는 모든 걸 포기하고 정말로 죽음을 받아들이려고 한 것이다.

"흐흐흐!"

나직한 웃음을 흘려내는 것으로 그는 온몸이 오그라드는 수치와 주체할 수 없는 분노를 대신한다. 그리고 차갑게 선언한다.

"어리석은 놈! 넌 결국 패배자일 뿐이다! 마지막에 살아남는 자가 이기는 것이고, 죽은 자는 영원히 패배한 것이다! 다시 도전할 기회조차 가질 수 없으니까 말이다! 이제부터는 내 차례다! 이젠 네놈이 죽을 차례다! 난 너 따위와는 다르다! 보여주마! 진정으로 강한 자는 어떻게 하는지! 죽여주마! 확실하게! 죽음의 공포와 고통을 생생하게 느끼면서 죽어가도록 해주마!"

정호일의 머릿속에서 기획에 이어 세부 계획까지가 빠르게 정리된다. 분명하고도 치밀하게. 살인을 위한 것들이다. 그에게는 크게 어려울 것도 없는 일이다. 미룰 것도 없다. 일단 아침에 계획된 임원 회의를 끝내는 대로 곧바로 실행에 착수할 것이다.

곧 시작될 한 편의 유희

격주마다 수요일 아침에 열리는 임원 회의다. 각 사업별 주요 이슈에 대한 담당 임원들의 발표와 토론이 이어지고 있다.

정호일은 평소와 달리 중간중간 개입하여 의견을 개진하지 않고 그저 느긋하게 지켜보고만 있다.

그런 데는 이번 회의의 의제 중에 크게 심각한 사안이 없는 것도 있지만, 사실은 그의 내심에서 내내 작은 흥분이 폭죽처럼 터지고 있기 때문이다.

이제 곧 시작될 한 편의 유희.

그가 직접 기획하고 또한 누구와도 함께하지 않고 오로지 그 혼자서 즐기게 될 그 은밀한 유희는 벌써부터 그에게 내밀하고도 자극적인 흥분을 선사하고 있다.

회의는 어느새 마무리 단계로 가고 있다.

정호일은 의자 등받이에 비스듬하게 기대고 있던 몸을 바로 세운다. 이제쯤 그가 오늘 거론된 의제들에 대한 총평을 할 차례다.

발광

"모두 수고들 하셨습니다! 일부 사업에서 다소간의 문제점이 도출되긴 했지만……."

그런데 여유롭게 말을 이어가던 중 정호일은 문득 몸에서 느껴지는 이상한 조짐에 멈칫 말을 멈추고 만다. 그러나 이내 다시 괜찮아지는 것 같아서 그가 다시 말을 이어갈 때다.

"전반적으로 볼 때는……."

갑자기 몸의 곳곳이 간지러워지기 시작하는데, 이건 도저히 그냥 참아볼 만한 정도가 아니다.

그는 체면을 차릴 여유도 없이 팔이며 배, 등을 손톱으로 벅벅 긁어댄다. 그러나 시원해지기는커녕 간지러움은 더욱 극심해진다. 피부가 아니다. 살 속이다. 살 속 깊은 곳에서 번지고 있는 지독한 간지러움이다.

"이거 뭐야? 왜 이러지?"

크게 당황한 정호일이 소리를 치지만, 갑작스러운 그의 행동에 임원들은 그저 의아해할 뿐이다.

정호일이 제 몸의 살을 꼬집고 비틀어대도 아무 소용이 없다. 살 속도 아니다. 뼛속이다. 뼛속에 수십 수백 마리의 개미 떼가 있어서 뼛속을 갉아먹고 있는 것 같다. 도저히 견딜 수가 없다. 미쳐 버릴 것만 같다. 아니, 그것 이상의 고통이다. 그리고 다시 그것 이상의 공포다.

"아악! 나 좀 어떻게 해줘 봐!"

정호일이 이윽고는 비명을 내지르며 바닥으로 쓰러진다, 그제야 심각성을 깨달은 임원들이 주변으로 몰려들지만, 막상 누구도 어떻게 해볼 엄두를 내보지는 못한다.

"으아악! 살려줘! 제발 살려줘!"

정호일이 발광하고 있다. 바닥을 뒹굴며 제 몸을 마구 할퀸다. 이내 손톱이 부러지고 손가락 끝이 뭉개지며 온통 피투성이로 화한다. 그래도 정호일은 멈추지 않는다. 처참하고도 참혹한 광경이다.

지켜보는 사람들이 발만 동동 구르는 사이에 십여 분이 흘렀고, 신고를 받은 119 구급대원들이 도착했을 때 현장은 목불인견의 광경이 벌어져 있는 중이다.

회의실 바닥은 온통 핏물로 흥건한데, 그 속에서 커다란 핏덩어리 하나가 허우적거리고 있다. 정호일이다. 느리고 둔한 움직임이기는 하지만 정호일은 여전히 제 몸뚱이를 할퀴고 쥐어뜯는 중이다. 그러면서 잔뜩 쉰 목소리를 내고 있는데, 자세히 들어보면 처절한 절규와 애원이다.

"죽… 여… 줘! 제발… 나… 좀… 죽… 여… 줘! 제…발……!"

쇼크사

119 구급대원들로서도 어떻게 응급조치를 할 엄두를 내지 못하고 그저 더 이상의 자해를 막아볼 양으로 들것에다 정호일의 몸을 단단히 묶는다.

긴급히 병원으로 이송하는데, 와중에도 정호일은 끊임없이 몸부림치고 절규하고 애원한다.

그리고 병원 응급실에 도착하고 얼마 되지 않아 정호일은 이윽고 숨을 멈춘다.

[히스테리성 자해에 의한 외상성 쇼크사!]

의사 소견서에는 그렇게 사망원인이 기재된다.

도저히 납득할 수 없는 죽음

정호일의 미스터리한 죽음은 TV 뉴스로도 짧게 방송을 탄다.

김강한은 다만 잠깐의 짧은 회의(懷疑)를 가져보았을 뿐이다.

그가 선사한 '도저히 납득할 수 없는 죽음'에 대해 과연 정호일은 생의 마지막 그 순간까지도 일말의 의문을 가지면서 죽었을까?

제5장
—
재개(再開)

결코 충분하지 않다

김강한은 온몸의 기력이 다 빠져나간 듯이 무기력하다. 모든 의욕과 의지가 한순간에 사라져 버린 듯이 공허하고도 허탈하다.

'복수는 끝났다. 이제부터는 또 무엇을 위해, 또 무슨 구실로 살아가야 하는가?'

그런데 어느 순간인가 그의 황폐화된 가슴 깊은 곳에서 한 가닥의 불만이 슬그머니 일어난다.

그리고 슬금슬금 덩치를 키워 나가기 시작하더니 불만이

분노로, 그리고 다시 울분으로 화한다.

정호일을 단죄한 것으로 다 끝났다고 생각했는데, 지난 시간 동안 켜켜이 쌓인 원한과 억눌린 울분이 다 풀어졌다고 생각했는데, 막상은 그대로 있다. 너무나도 짙게 배어버린 것일까? 그래서 그가 살아 있는 동안에는 결코 퇴색조차 될 수 없는 것일까?

문득 확연해지는 건 있다.

정호일의 목숨만으로는 결코 충분하지 않다는 것.

그처럼 하찮은 목숨 하나로는 아무 죄 없이 스러져 간 가족의 복수로는 턱없이 부족하다는 것.

새로운 두 개의 관점

다시 차분하게 관조하면서 김강한은 그것이 관점의 변화일 수도 있겠다는 생각을 해본다.

처음에 그가 몰입한 관점은 의혹이다.

사고 당시 마주친 양재호의 눈빛으로부터 비롯된, 그것이 단순한 교통사고가 아닐 수 있다는 섬뜩한 직감과 과연 단순 사고가 아니라면 도대체 누가, 왜 그와 그의 가족을 아예 몰살시키려고 했나 하는 점에 대한, 도저히 떨쳐 버릴 수 없는 악몽처럼 치열한 의혹.

그것에 이어 바로 직전 시점까지 그를 지배한 관점은 복수였다. 그래서 정호일을 죽였다. 그러나 원한과 억눌린 울분은 여전히 풀어지지 않은 채 그대로다.

이제 그에겐 새로운 관점이 필요하다. 다시금 살아갈 이유, 혹은 최소한의 새로운 구실이라도 찾기 위해서.

그리하여 그는 이윽고 새로운 두 개의 관점과 마주한다.

복수, 그 이후의 관점, 그리고 처음, 그 이전의 관점.

복수, 그 이후의 관점

최도준. 정호일이 적시한 공범.

정호일에게서 공범에 관한 얘기를 들었을 때만 해도 김강한은 딱히 최도준에 대한 적개심이 들지는 않았다. 최도준까지 복수의 범위를 확장시키리라는 생각도 당연히 하지 않았다.

그러나 이제 새로운 관점에 직면해서는 최도준에 대한 적개심이 스멀거리며 생겨난다.

물론 충분히 짐작은 된다. 최도준이 정호일과 같은 의도이지는 않았을 것이다. 또한 자신으로 인해 김강한이라는 제삼자가 그처럼 끔찍한 불행과 고통에 몸부림쳤을 것이라고까지는 미처 짐작해 보지 못했을 것이다. 다만 친분이 있던 정호일의 부탁을 받고서 그로서는 크게 어렵지도 않았을 일에 그저 간단하게 힘을 썼을 것이다.

그러나 그 경위야 어찌 되었든 그때 최도준이 경찰의 수사 과정에 개입하여 왜곡을 시켜놓지 않았더라면, 그래서 진즉에 그 악독한 범죄의 실상이 밝혀졌더라면······.

그가 슬픔과 자책과 외로움을 견디지 못해 스스로 죽음을 택했을지언정, 죽지 못해 하루하루를 살아내야 했던 지난 3년간의 지옥 같던 시간을 굳이 견뎌내지는 않아도 좋았을 것이다.

그런 점에서 정호일만큼은 아닐지라도 어쨌든 최도준 또한 일정의 책임을 져야만 하는 것이리라.

처음, 그 이전의 관점

'애초에 그 같은 일은 왜 생기게 되었을까? 그 같은 일이 왜 생겨야만 했을까?'

김강한은 다시 관점을 처음, 아니, 다시 그 이전으로 돌려본다.

최초의 발단은 유경 그룹이 정관계의 유력자에게 로비 자금을 상납하는 것으로부터 비롯되었다. 그리고 로비 자금은 최도준을 거쳐 그의 부친에게로 전해졌을 것이고, 다시 그 너머에 있을 더 큰 권력자에게로 전해졌을지도 모른다.

김강한의 분노는 이미 최도준에게로 겨누어졌다. 그리고 만약 최도준에 대한 단죄로도 그의 분노가 여전히 다 풀리지 않는다면? 그는 다시 그다음의 연결 고리, 즉 최도준의 부친에 대해서도 죄를 따져볼 작정으로 된다.

그럼에도 여전히 분노가 남는다면? 그때는 또 그다음의 고리를 겨냥하게 될지도 모르겠다. 가슴속 응어리진 분노와 울분이 한 줌도 남김없이 다 풀릴 때까지 그는 그저 그 분노와 울분이 시키는 대로 따라가 볼 참이다.

물론 아직은 작정일 뿐이다. 어떻게 할지에 대한 구체적인 건 없다. 다만 그는 어차피 법대로 살고 있지 않다. 그저 마음이 내키는 대로 살아가고 있을 뿐이다. 내친김이니 앞으로도 그는 그렇게 살아가고자 한다. 혹은 이미 그렇게 살 수밖에 없는 처지로 몰려 버린 것일 수도 있고.

일단은 정리하고 넘어가야 한다

'계속 조상태로 있어야 하나?'

김강한은 스스로에게 의문을 던져본다.

그가 조상태로 계속 행세를 한다는 건 쌍피와 이철진과의 관계를 계속 이어간다는 의미일 것이다. 그들과의 관계에 있어서 그가 처음 예정한 건 트럭 운전사 양재호를 교도소에서 빼내는 데까지였다. 그 후엔 어떤 상황이라도 그가 스스로 알아서 처리할 문제라고 생각했다.

그런데 양재호에 이어 차성근, 윤종걸, 그리고 정호일에 이르기까지 계속해서 쌍피의 도움을 받았고, 그럼으로써 결국은 이철진의 도움을 받은 셈이 되어버렸다. 사실 그런 것에 어느 정도 익숙해지고 난 다음부터는 그들의 도움을 받는다는 생각보다는 그러한 능력과 역량이 본래부터 그 스스로의 것이라도 되는 듯이 그것들에 의지하게 된 부분도 크다.

'이제부터라도 이철진과 쌍피로부터 제공되던 모든 직, 간접적인 수단과 편의를 일절 배제하고 차단한다면……?'

생각만으로도 막막해진다. 당장 무엇부터, 어디서부터, 어떻게 다시 시작해야 할지. 그 혼자서 말이다.

물론 내단과 외단으로부터 비롯되는 공능에 대해서는 김강한이 이미 상당한 자신을 하고 있는 터이다. 그러나 세상일이라는 게 일개인의 완력이나 무력만 가지고 되는 건 결코 아니란 사실에 대해서도 새삼 절감하고 있는 중이다.

그러나 어쨌든 이 시점에서는 어떤 방향으로든 이철진과의 관계를 일단은 정리하고 넘어가야 한다는 건 분명하다. 그들로부터 비롯된 능력과 역량은 어디까지나 거래의 형식을 빌려서 일시 도움을 받는 것이니 말이다.

            '그냥 그러고 싶어서'쯤으로

"이번 일에 들어간 돈이 총 얼마나 됩니까?"

불쑥 묻는 김강한에 대해 이철진이 엷은 웃음기를 머금으며 반문한다.

"그건 갑자기 왜 물으시오? 왜, 중간 정산이라도 하시게?"

"……."

김강한이 쉽게는 대답을 내지 못하는 기색에 이철진이 웃음기를 거두며 대신 담담한 표정으로 말을 이어낸다.

"자세한 계산이야 아직 해보지 않았지만 대충 크게만 따져 봐도 제법 만만치 않은 비용이 들어갔소. 음, 조 대표가 가지고 있다던 10억? 아니, 정확히는 9억쯤이라고 하셨던가? 하여튼 그 액수보다 한참 더 많이 들어간 건 분명하오."

김강한이 차마 그 '한참 더 많이'에 대해서 다시 확인해 보지는 못한다. 짧으나마 그동안 그가 파악한 이철진의 성격이나 스케일로 보자면 그 액수가 10억을 조금쯤 넘기는 정도라면 그냥 그 정도쯤 들었다고 하지 '한참 더 많이'라고까지 하지는 않을 인물이니 말이다.

김강한이 이마에 주름을 한번 만들었다가 풀며 짐짓 대범한 체 고개를 끄덕인다.

"우선 내가 가지고 있는 돈 전부를 드리죠. 그리고 부족한 부분에 대해서는 전에 이 일을 의뢰할 때 약속을 드린 바 있지만 나중에 다시… 언젠가는 꼭 갚도록 하죠."

이철진이 다시금 웃음기를 떠올리더니 가만히 고개를 가로 젓는다.

"그때 나 역시도 조 대표께 분명하게 밝혀둔 말이 있소만?"

"……?"

"조 대표의 그 의뢰는 서해 개발에서 받는 것이고, 그럼으로써 결국 조 대표의 일이 되는 것이라고 말이오. 기억하시오?"

"그거야… 형식상으로 그렇게 볼 수도 있다는 것 아니었습니까?"

이철진의 미소가 깊어진다.

"아니오. 형식상의 얘기가 아니었소. 적어도 나는 결코 그런 뜻이 아니었소. 사실 그대로의 얘기였고 또한 진정이었소. 그리고 그때 나는 이렇게도 얘기했소. 조 대표는 대표로서 당연히 서해 개발의 모든 역량을 활용할 수 있고, 나 또한 서해 개발의 고문으로서 적극적으로 도울 것이라고. 그러니 결론적으로 조 대표는 그 돈을 갚아야 할 필요가 없는 것이고, 갚으려고 한대도 막상 갚아야 할 상대도 없는 것이오."

김강한이 크게 당혹스럽다. 잠시 생각을 정리하고 나서야 그가 불쑥 묻는다.

"무엇 때문입니까?"

막상 해놓고 나니 거두절미의 꼴이라 무엇에 대해서 묻는지조차 모호하게 되어버리는데, 이철진이 또한 잠시간 생각을 정리하는 기색이더니 담담한 투로 말을 꺼낸다.

"굳이 대답이 필요하다면 '그냥 그러고 싶어서'쯤으로 해둡시다!"

김강한은 설핏 예감해 본다. 그와 이철진이 앞으로 더욱 애매한 관계로 엮이게 될 것 같다는 데 대해.

주변 조사

정호일의 갑작스럽고도 미스터리한 사망에서 최도준은 무언가 구체적으로 정의할 수는 없지만 심상찮은 의문을 가져 본다.

그는 이미 윤 팀장으로 하여금 정호일의 사망 시점을 전후한 행적을 조사하도록 했고, 그 결과 정호일이 사망하기 전날 누군가와 함께 자신의 오피스텔로 들어간 걸 알게 되었다.

확보된 CCTV 영상으로 드러난 그 '누군가'는 뜻밖의 인물이었다.

조상태.

바로 서해 개발 대표 조상태다.

조상태에 대한 그의 기억은 사뭇 뚜렷하다.

그날 파티에서 조상태가 그에게 심어준 인상이 워낙에 뚜렷한 때문이리라.

그런 때문에라도 그의 의문은 더욱 심상찮아진다.

'조상태가 도대체 왜⋯⋯?'

통상적 범주

최도준은 박영민에게 전화를 한다. 조상태에 대해 알아보기 위해서다.

예상한 대로 박영민은 떨떠름한 반응이고, 조상태가 서해 개발의 대표라는 사실 등 그가 이미 알고 있는 표면적인 내력 정도만 말한다.

조상태가 정호일의 사망과 관련된 혐의가 있으며, 곧 경찰이 수사에 착수할 수도 있다고 적당히 압박을 가해도 큰 반응은 없다는 데서 최도준은 어쩌면 박영민이 조상태와 그렇게 밀접한 관계는 아닐 수도 있겠다는 추정을 해보게도 된다.

서해 개발에 대한 조사에서는 전(前) 대표 이철진과 쌍피라는 별명의 인물이 나왔다.

그리고 얼마 전까지도 실무 담당의 실장 직급이던 조상태가 일약 대표가 되었고, 대표이던 이철진은 돌연 고문으로 물러앉았다는데 통상적인 회사 조직에서는 보기 어려운 형태다.

그 외에 조상태에 대해서는 별다른 정보가 나오는 게 없다. 고아 출신으로 가족이나 가까운 친인척도 없고 기타의 이렇다 할 주변도 내력도 없다. 철저하다 싶을 정도로.

참고인 소환

정호일의 사망에 대한 경찰의 수사가 시작된다.

사실은 그의 죽음에 미스터리한 점이 있다고는 해도 경찰이 수사를 할 개연성은 딱히 없지만, 정호일의 유족 측에서 석연치 않은 점이 있다고 수사를 요청했고, 결국 경찰 수뇌부로부터 수사 지시가 내려진다.

경찰은 김강한을 참고인 신분으로 소환한다. 물론 조상태의 신분으로다. 그러자 이철진은 당장에 변호사를 선임해 붙인다. 그런데 상당한 무게감과 파워가 있는 변호사여서 크게 수사에 대한 의지랄 것 없이 그저 상부의 수사 지시에 따른다는 입장의 담당 형사는 사뭇 곤혹스러워하는 기색을 비친다.

경찰은 그날 조상태가 정호일의 오피스텔 엘리베이터에서부터 그를 부축해서 가는 장면이 담긴 CCTV 영상을 제시하며 의혹 제기를 한다. 두 사람이 이전에 만난 적은 고작 한 번뿐으로, 정호일이 집으로 들일 만큼 교분이 있거나 친밀한 사이가 아니라는 점을 의혹의 근거로 제시한다.

그리고 비록 조상태가 그날 저녁에 다시 오피스텔을 나간 사실이 확인되긴 하나, 어쨌든 그 다음날 정호일이 '히스테리성 자해에 의한 외상성 쇼크사'라는 쉽게 이해하기 어려운 사인의 죽음을 맞았으니 조상태에게도 일단의 혐의를 두지 않을 수 없다는 논리다.

그러한 경찰의 논리에 대해서 변호사는 결코 수긍할 수 없다고 강하게 이의를 제기하고, 다분히 과잉 수사에다 표적 수사의 의심까지 드는 만큼 더 이상은 수사에 응하지 않겠다는 의사를 표명한다. 그러나 오히려 김강한이 변호사를 만류하는 모양새를 취하며 있는 그대로 진술하겠다고 자청한다.

진술

"제가 그날 정호일의 오피스텔에 간 것은 사실입니다. 정호
일과는 전에 한번 만났을 때 약간의 오해가 있었는데, 정호일
이 그걸 쭉 마음에 두고 있었던 모양입니다. 그 뒤 우연한 자
리에서 정호일을 다시 만났는데, 자신은 보통 화요일 저녁이
면 시간이 한가하니 저보고 시간 날 때 자신의 오피스텔에서
편하게 술 한잔하면서 얘기나 좀 하자며 초대를 했습니다. 그
래서 마침 화요일이던 그날 저녁 그의 오피스텔을 찾아간 것
입니다. 그런데 그날 정호일은 이미 술을 꽤 마신 모양으로
몸을 비틀거릴 정도로 취해 있어서 제가 부축을 한 것입니다.
오피스텔로 들어간 뒤에는 둘 사이에 얘기가 원만하게 잘됐
고, 저는 크게 늦지 않은 시간에 오피스텔을 나왔습니다. 그
이후에 벌어진 사실에 대해서는 뉴스로 접하기 전까지 저로서
는 전혀 알지 못하고 있었습니다."

조상태의 진술에 대해 경찰은 별다른 의혹이나 혐의를 제
기하지 못했고, 참고인 조사는 그걸로 끝이 났다.

정황적 증거

최도준은 여전히 명쾌하지가 않다. 오히려 뭔가가 있다는 느낌이 보다 분명해진다.

우선 정호일이 술을 즐기는 사람도 아니고, 더욱이 자신의 오피스텔에서 술을 마시자고 다른 누군가를 부를 사람이 절대 아니다.

그건 그가 확실히 단언할 수 있다. 누구보다도 오래, 또 가깝게 친교를 이어온 그조차도 정호일의 개인적 공간에 초대를 받아서 가본 적이 없는 것이다.

그럼 적어도 그 점에서만큼은 조상태가 분명히 거짓말을 한 것이다.

그리하여 그것은 정호일의 죽음에 조상태가 어떤 관련이 있다는, 분명한 정황적 증거가 되는 것이다.

다만 문제는 그것이 법적 효력을 가지는 증거가 되지 못한다는 점이다.

조사 결과

"최도준에 대해서 자세히 좀 알아봐 줘."

김강한이 불쑥 던진 말이다.

"알겠습니다."

이번에는 아예 어떤 토도 달지 않는 쌍피의 사뭇 간단하고도 쉬운 대답에는 김강한이 새삼 확연하게 인정하지 않을 수 없는 심정이 된다. 쌍피, 그리고 이철진이 확실히 그가 갖지 못한 능력과 역량을 가지고 있다는 점에 대해.

쌍피가 꽤 두툼한 보고서 형태의 조사 결과를 가져온 건 며칠 뒤다. 김강한은 각종 참고 자료와 근거 자료까지 망라된 그 방대한 내용을 다 볼 엄두는 나지 않아서 앞쪽 십여 페이지로 요약된 내용만 훑어본다. 그리고 그중에서 특히 두 가지가 그의 관심을 끈다.

첫 번째는 최도준이 가진 배경에 대한 내용이다. 상상했던 것보다 훨씬 대단하다. 최도준의 아버지 최중건. 그는 지난 40여 년간 역대 정권을 두루 거치면서 안기부장, 검찰총장, 장관, 대통령비서실장 등의 핵심 요직을 두루 섭렵한 인물로, 현 정권에서도 막강한 영향력을 행사하고 있는 소위 실세의 막후 권력자다. 그의 영향력을 익히 아는 사람들 사이에서는 그를 국가 위에 군림하는 '빅 브라더'라고까지 칭할 만큼 그가 가진 권력의 막강함은 '마음먹어서 못 할 일이 없는', 가히 무소불위(無所不爲)라고 할 만하다는 것이다.

두 번째는 최도준의 여성 편력에 관한 내용이다. 최도준은 성에 대한 집착이 유별나서 그의 주변에서는 섹스 중독자나 성도착증 환자로 소문이 나 있고, 오죽했으면 섹스에 미쳤다는 의미에서 색광(色狂)이라는 별명까지 붙어 있다고 한다. 소문에 의하면 최도준은 지금까지 무수히 많은 여자를 섭렵했는데, 그 모두를 하룻밤 유희의 대상으로만 삼았다는 것이다.

더욱이 그와의 관계를 빌미로 달라붙거나 그를 귀찮게 하는 여자 중에는 원인 불명의 실종이 되거나 심지어 의문의 죽음을 맞은 경우도 있다고 한다. 그런 사건들에서 최도준이 수차례나 용의자로 수사 선상에 오르기도 했지만, 예의 그 막강한 배경의 힘으로 매번 별 탈 없이 무마되곤 했다는 것이다.

또 다른 어떤 얽힘이 있을 것만 같은 느낌

김강한은 문득 묘한 느낌을 받는다.

최도준은 이미 그와 결코 평범하다고는 할 수 없는 인연이—악연도 인연이라면—있다고 하겠다.

최도준 덕분에 천락비결이며 천공행결, 천환묘결의 신기한 능력을 얻었고, 또한 비록 떳떳하게는 아니지만 10억이라는 거금을 얻기도 했으니 말이다.

그런데 지금 그의 성에 대한 집착과 여성 편력을 보면서는 뭔지는 모르겠지만 그와 최도준 사이에 또 다른 어떤 얽힘이 있을 것만 같은 느낌이 드는 것이다.

그래도 할까요?

"이게 다야?"

제법 두툼한 분량의 자료 중에서 기껏 앞쪽 십여 페이지의 요약 내용만 훑어보고는 시큰둥하게 뱉는 김강한의 그 말은 다분히 트집일 수밖에 없다. 그러나 억울함을 비칠 만한데도 쌍피는 내색하는 것 없이 다만 신중한 태도이다.

"최도준의 가까이로 접근할수록 생각지 못한 직간접의 제법 까다로운 보안 기제(保安 機制)가 가로막고 있었습니다. 그래서 선불리 파고들기보다는 일단 문제가 생기지 않는 수준까지만 조사를 했습니다."

김강한이 슬쩍 말을 돌린다.

"최도준 밑에 윤 팀장이라고 있지?"

"예. 자료에도 언급이 되어 있습니다. 성명 윤명호, 나이 서른다섯, 과장 직급의 팀장 직책, 5년 넘게 최도준의 개인 비서 역할을 하고 있는 인물입니다."

쌍피가 자료를 보지 않고도 술술 대답을 낸다. 막상 자료를 받아 들고 있으면서 그런 내용까지 포함되어 있는 줄은 미처 알지 못한 처지에서 김강한이 괜스레 겸연쩍다. 그러나 짐짓 덤덤한 체 불쑥 뱉는다.

"내 앞에 잡아 올 수 있어?"

그 사뭇 노골적인 타진(打診)에 대해서는 쌍피도 미처 예상하지 못한 듯이,

"잡아 오는 건 어렵지 않지만……."

하고 슬며시 꼬리를 달고 나서야 다시 덧붙인다.

"말씀드린 대로 상당히 까다로운 부분들이 있어서 자칫 골

치 아픈 일이 생길 수도 있다는 점은 미리 고려하셔야 합니다. 그래도 할까요?"

"응, 해."

김강한의 대답이 간결하다. 그리고 그것이 또한 지시라는 데서 쌍피가 곧장 본래의 무심한 기색으로 돌아간다.

"알겠습니다."

"근데 가능하면 골치 아픈 일은 안 생기도록 하고."

김강한이 슬쩍 토를 단다. 그러나 쌍피가 이번에는 묵묵부답으로 시선만 마주치고 있는데, 그런 반응이 수긍인지 반발인지 애매하여 김강한이 다시금의 토를 단다.

"뭐, 골치 아픈 일이 생기면 또 할 수 없는 일이고."

그 말에는 쌍피의 무심하던 표정에 설핏 희미한 웃음기 같은 것이 스치고 지나간다. 그 찰나의 미세한 변화를 김강한이 놓치지 않고 잡아챈다.

"왜 웃어?"

쌍피가 짐짓 어깨를 움츠리는 시늉으로 정색을 한다.

"웃지 않았습니다."

이건 뭔가?

쌍피에게서 윤 팀장, 즉 윤명호를 모처에 확보해 두었다는 연락이 온다. 역시 쌍피다. 이런 쪽으로의 일을 그만큼 확실하게(?) 처리할 수 있는 사람도 드물 것이다.

윤명호는 의자에 묶인 채로 눈이 가려져 있는데, 보이지 않는 중에도 온 신경을 집중시키고 있던 모양이다. 김강한이 다가서는 기척을 알아채고는 곧장 날 선 목소리를 낸다.

"당신들, 누굽니까? 나한테 왜 이러는 겁니까?"

그 순간이다. 김강한은 설핏 기억의 편린 하나를 떠올린다. 목소리다. 목소리 하나가 확연히 떠오른다.

"처리하세요! 뒤끝 남기지 말고 깨끗하게!"

약에 취한 진초희를 처음 만났을 때 정체 모를 사내들에 의해 낯선 곳으로 납치를 당했다. 그때 나중에 나타난 사내 둘 중 하나가 그곳을 떠나면서 남은 자들에게 한 말이다. 깔끔하고 예를 갖춘 투이지만, 담담한 중에 사뭇 단호한 그 목소리.

'이건 뭔가?'

그때의 그 목소리와 지금 윤명호의 목소리가 같다? 그의 기억이 빠르게 확장된다.

그러고 보면 그가 강 형, 강수문을 찾아온 윤명호를 처음 봤을 때 윤명호의 목소리에서 어디선가 한 번쯤은 들은 것 같은 느낌을 설핏 받기도 했다. 그러나 당시에 윤명호는 확실하게 그가 처음으로 보는 사람이었기에 별 생각 없이 그냥 넘어갔고, 그 타성으로 이후부터는 계속 알지 못하는 목소리로 아예 치부를 해버린 것이리라. 그런데 지금 윤명호가 눈이 가려진 채로 의자에 묶여 있는 모습에서 불현듯이 예전 그가 비슷

한 상황으로 목숨을 위협받았을 때의 기억들이 떠올랐고, 다시 그런 중에 윤명호의 목소리에 대해서도 문득 확연해진 것이리라.

기억을 되새겨 볼수록 목소리가 일치한다는 확신은 굳어진다. 그리하여 김강한은 이윽고, 지금껏 미처 생각지 못한 뜻밖의 사실 하나를 단정한다.

'그때 나와 진초희 사이에 있던 일에 대해 노골적이고도 세세하게 묻던 사내, 그리고 그 사내의 곁을 지키던 또 한 명의 사내, 그 '또 한 명의 사내'가 바로 윤명호였다.'

또 하나의 중대한 사유

'그럼 그때의 그 변태가 바로 최도준?'

김강한은 남은 연결 고리를 마저 완성시켜 본다. 맞는 것 같다. 아니, 확실하다. 남자의 것치고는 미성이다 싶을 만큼 맑고 깨끗하던 느낌의 그 목소리는 과연 최도준의 목소리다.

그리고 최도준이 색광으로 불릴 만큼 섹스에 대해 유별난 집착을 가지고 있고, 또 지금까지 무수히 많은 여자를 하룻밤 유회의 대상으로 삼았다는 사실과도 정확히 부합하지 않는가?

김강한은 차라리 착잡한 기분이 되고 만다.

이쯤 되면 그와 최도준과의 인연은 '결코 평범하지는 않다'는 정도로는 도저히 부족하고 '지독한 악연'이라고 해야 할 것이다.

또한 이렇게 됨으로써 그에게는 최도준에게 분노를 겨냥할 또 하나의 중대한 사유가 추가되는 셈이다. 그를 납치, 폭행하고, 협박하고, 그것도 모자라 죽이려고까지 한 데 대한.

동판(銅版)

"당신들 혹시… 우리에게 동판(銅版)을 요구한 그 사람들입니까?"

윤명호가 주춤거리며 묻는다. 그러나 김강한이,

"동판이 뭐야?"

하고 되묻자 윤명호가 다시 설핏 당황하는 기색을 보이는데, 쌍피가 차갑게 뱉는다.

"묻는 말에는 즉각, 그리고 똑바로 대답해라. 여기서 곱게 살아 나가고 싶으면."

윤명호가 쌍피의 무심한 표정을 볼 수는 없더라도 고저가 없는 중에 날카로움이 진하게 파고드는 그 목소리만으로도 위협은 충분하다. 윤명호가 대번에 풀이 죽은 기색으로 되며 조심스럽게 말을 꺼낸다.

"오래된 구리판인데, 고대의 문자로 된 문장이 새겨져 있습니다."

그 말에서는 김강한이 퍼뜩 떠오르는 것이 있다.

"그 고대의 문자라는 게 혹시 과두문인가?"

윤명호가 흠칫 놀라는 기색이다.

"그걸 어떻게……? 아아! 역시 당신들은 동판을 요구한 그 사람들이군요?"

김강한이 담담한 투로 받는다.

"동판에 대해서 자세히 얘기해 봐."

그러자 윤명호는 빠르게 평정을 되찾는 모양새다.

"제가 동판에 대해 아는 건 방금 말한 게 다입니다. 누군가 우리 대표님께 과두문의 문장이 새겨진 동판을 내놓으라고 요구하고 있다는 것, 그것 외에는 아는 게 없습니다. 아시겠지만 저는 일개 수행원에 불과합니다. 동판이 뭐 하는 건지도 모르고, 본 적도 없고, 우리 대표님이 정말 그 동판을 가지고 있는지도 저는 알지 못합니다."

"그래?"

김강한이 가볍게 받고는 다시 무거운 투로 말을 보탠다.

"그런데 어쩌지? 당신이 지금 거짓말을 하고 있다는 걸 나는 확실히 알겠는데?"

그 말에는 쌍피가 성큼 윤명호에게로 다가서며 그의 귓가에다 나직이 뱉는다.

"경고했지? 묻는 말에 똑바로 대답하라고."

그 차가운 위협에 윤명호가 다급해진다.

"아닙니다! 절대 거짓말을 하는 게 아닙니다! 정말입니다!"

지시를 구하는 쌍피에 대해 김강한은 가볍게 고개를 가로
젓는다. 그런 그의 입매가 설핏 굳어진다.

이제 제대로 말할 마음이 되었나?

김강한이 검지와 중지를 모아 세운 형태로 만들고는 윤명호
의 몸통 몇 군데를 빠르게 찌른다.

윤명호는 처음에 의아해하는 기색이더니 차츰 얼굴을 찡그
리기 시작한다. 가려움이다. 그러나 의자에 묶인 상태로 가려
운 곳을 긁을 수도 없거니와 더욱 답답한 것은 몸이 마비가
된 듯이 아예 꼼짝도 할 수 없다는 것이다. 피부에서 시작된
가려움이 심해지며 빠르게 근육 깊은 곳으로 전이되고 있다.

'도대체 내게 무슨 짓을 한 거요?'

이윽고 윤명호가 다급하게 외치지만, 그 외침은 소리로 나
오지 않는다. 목소리가 나오지 않는 것이다. 이윽고 윤명호는
공포에 매몰되며 비명을 지른다.

'아아악!'

그러나 비명조차도 나오지 않는다. 그런 중에 가려움은 미
치도록 극심해지면서 뼛속으로까지 전이가 되고 있다. 윤명호
의 표정이 마구 뒤틀린다. 흉하게 일그러진 윤명호의 얼굴에
콩알 같은 비지땀이 송송 솟아나고 있다. 그리고 이내 한계에
도달한 듯이 눈동자가 돌아가며 맥을 놓고 만다.

애써 차가운 얼굴로 지켜보고 있던 김강한이 재빨리 윤명호의 혈 몇 군데를 풀어준다.

"후우우!"

길게 한숨을 토하며 윤명호가 겨우 정신을 차린다.

"이제 동판에 대해 제대로 말할 마음이 되었나?"

김강한이 담담한 투로 묻는다. 윤명호가 기진맥진한 중에도 다급하게 고개를 끄덕인다.

"좋아, 자세히 말해봐. 당신이 아는 대로 하나도 빼놓지 말고."

김강한의 그 말에는 윤명호의 고개가 다시금 바쁘게 끄덕여진다.

비하인드 스토리

윤명호는 최도준에게 수족과도 같은 존재이다. 특히 최도준 자신이 직접 나서기 어려운 개인적 사정에 대해서는 윤명호를 크게 의지하고 일을 맡겨왔다.

특히나 몇몇의 사안에 대해서는 윤명호의 역할이 절대적이었고, 그리하여 그 세부적인 부분에 대해서는 최도준 본인보다도 오히려 윤명호가 더 많이 알고 있는 내용도 있는 형편이다. 예컨대 최도준의 성에 대한 은밀한 취향과 집착을 해소하기 위한 건(件)과 같은 것인데, 예의 그 동판에 관한 것도 최도준의 성적 취향과 집착에 무관하지 않다.

천락비결과 천공행결, 그리고 천환묘결 등이 과두문으로 새겨진 그 동판들은 최도준의 조부 최일헌이 오래전 대만에서 일괄적으로 구입한 골동품 중에 포함된 것들이다. 골동품에 대해 제법 식견을 가지고 있던 최일헌은 그 동판들이 최소한 수백 년은 넘은 고품임을 알아보았고, 물론 그 내력이나 가치를 짐작해 볼 수는 없되 춘화도를 연상케 하는 그림 등에서 일시 흥미가 동해 구입품 목록에 추가시킨 것이다. 그러나 다른 골동품에 비해 동판에 대한 최일헌의 흥미는 역시나 일시적인 것이었는지 이후 동판들은 그의 골동품 창고 구석진 곳에 처박힌다. 그러다가 최일헌이 작고하고 나서야 손자인 최도준에 의해 우연히 발견된다.

체질적인지 성격적인지 성에 대한 흥미와 집착이 유난히 강한 최도준인지라 역시 예의 그 춘화도에서 뭔지 모를 깊은 인상을 받는다. 그러나 그도 처음에는 과두문으로 된 내용에 대해서까지는 별다른 관심을 보이지 않았고, 그저 눈요기 겸의 장난감 삼아 동판을 가까이에 두고 가끔씩 만지작거리는 정도에 그쳤다. 그런데 어느 날엔가 최도준은 아주 우연한 기회에 그 동판들 중의 몇 개가 이중의 겹판으로 되어 있으며, 그 가운데에 아주 교묘하고도 정밀하게 밀봉된 얇은 틈새 공간이 존재한다는 사실을 발견하게 된다. 그리고 틈새 공간에는 정체를 알 수 없는 미세한 입자의 가루가 들어 있었다. 최도준이 그중의 일부를 채취하여 전문가에게 분석을 의뢰했고, 그 성분을 정확하게 알 수는 없으나 아마도 아주 강력한 최음제(催淫劑)의 일종일 수 있다는 결과를 얻는다. 최도준은 곧바로 테스트(?)에 들어갔고, 그 가루의 놀라운 효능을 확인하게 된다. '아주 강력한 정도'가 아니라 '치명적인 마성(魔性)'의 물질이었던 것이다. 최도준은 환호한다. 늘 꿈꾸던 물건을 손에 넣은 환희였다. 다만 그 가루의 양이 한정되어 있다는 점에서 크게 아쉬움을 느낀 그는 비로소 동판에 새겨진 고대 문자를 해석하기로 한다. 그것에 가루의 성분에 대한 구체적인 언급이 있을지도 모른다는 기대에서다.

최도준은 동판의 탁본을 떠서 우선 그 일부를 고문서 해석에 권위가 있다는 국내의 전문가들과 석학들에게 보내고 해석이 가능한지에 대해 자문을 구한다. 그러나 제대로 해석을 할 수 있다는 사람이 나타나지 않았다. 그에 그는 다시 조부가 동판을 구매한 대만으로 자료 샘플을 보냈고, 이윽고는 해석이 가능하다는 몇 명의 전문가를 확보한다. 다만 한 사람의 전문가에게 내용 전부를 의뢰할 경우 그 내용이 놀라운 것일수록 어떤 돌발적인 상황이 생길 것을 우려해서 그들 몇 명의 전문가에게 문장 단위로 쪼갠 내용의 일부씩을 할당하여 해석을 의뢰한다. 그리고 마침내 해석본을 확보한다. 처음에 한 건의 연관된 내용인 줄 알았던 동판의 문장은 알고 보니 세 건의 독립된 내용이었다. 즉 천락비결과 천공행결, 그리고 천환묘결인 것이다.

그 후 한자로 해석된 그것을 다시 우리말로 재해석을 했지만 도무지 무슨 내용인지를 알 수가 없어서 강수문을 통해 종합적인 재해석을 시도했다는 데서부터는 김강한도 익히 알고 있는 내용이다.

동판을 쫓는 자들

"동판을 요구한다는 자들은 또 뭐야?"

김강한의 물음에 윤명호가 곧장 대답을 이어간다.

처음 접촉했을 때 그들은 중국어를 썼고, 그것을 조선족 억양을 가진 자가 통역을 했는데, 그런 점에서 최도준은 그자들이 아마도 대만에서 왔을 가능성이 크다고 했다. 애초에 동판의 출처가 그곳이고, 또 동판의 내용을 초벌 해석한 곳 또한 그곳이라는 점에 근거해서다.

어쨌든 그자들과의 첫 접촉에서 최도준이 일단 동판에 대해서는 전혀 알지 못한다고 단호하게 잡아뗐고, 그에 대해 그자들은 날카로운 경고를 남기고 사라졌다.

상황이 심상치 않다고 판단한 최도준은 곧바로 대응책을 강구했는데, 즉 아버지 최중건의 오랜 보좌관을 통해 전국구 메이저 조폭 중에서도 서열 1위의 조직인 국제파에 보호를 요청한 것이다.

그 어떤 협박보다도 더 지독한 협박

"오늘 있었던 일은 그냥 당신 가슴속에다 묻어두도록 해. 영원히 말이야. 그리고 최도준의 옆에서 조용히 떠나."

김강한의 말에 윤명호가 조심스럽게 간청한다.

"오늘 있었던 일은 절대 발설하지 않겠습니다. 그렇지만 최도준 대표님을 떠나라는 말씀만은……"

김강한이 단호하게 말을 자른다.

"하라는 대로 해! 안 그러면 좀 전에 겪은 고통보다 열 배 더한 고통에 몸부림치다가 결국 미쳐 죽게 만들어줄 수도 있어!"

그 말에는 윤명호가 지레 진저리를 치고 마는데, 김강한이 낮게 가라앉은 목소리로 한 번 더 못을 박는다.

"내가 언제라도 그렇게 할 수 있다는 걸 믿지 못하겠다면 당신 하고 싶은 대로 해도 좋아."

옆에서 지켜보던 쌍피는 김강한의 그 말에 대해 그 어떤 협박보다도 더 지독한 협박이라고 느낀다. 윤명호가 감히 따르지 않고는 결코 배기지 못할.

제6장

괴물

직감

최도준은 몹시도 심란하다. 불안하기까지 하다. 그로서는
한 번도 겪어보지 못한 심리 상태다.

윤 팀장, 윤명호가 갑작스럽게 사라졌다. 무슨 사고가 있는
것도 아닌데, 한마디 연락도 없이 갑자기 종적을 감춘 것이다.
사적으로 연락이 닿을 만한 연락처가 몇 군데 없기도 하지만,
그 모든 곳에서 윤명호의 소식을 모르고 있다.

최도준이 윤명호에 대해서는 알 만큼 안다고 자신하거니와
윤명호가 자신의 의지로 이렇게 무책임하게 사라져 버릴 인물

은 결코 아니다. 그런 점에서 최도준은 반사적인 직감으로 그를 향해 다가오는 어떤 위협을 느낀다.

'뭔가 사고가 생긴 것이다. 사고라면? 정황상 추정해 볼 수 있는 가능성은 두 가지뿐이다. 하나는 조상태와 관련해서, 또 하나는 동판을 요구한 그자들과 관련해서.'

동판을 요구한 자들의 행방을 추적하는 것은 간단한 일이 아니다. 그렇다면 우선순위는 가까운 곳에 있는 조상태다.

'경찰 수사를 통해서는 더 이상의 진전을 기대하기 어렵다. 그렇다면 직접 캐보는 수밖에.'

신뢰?

"이 고문이 날 왜……?"

이철진이 만나잔다는 얘기에 김강한이 짐짓 의아해하며 묻는다. 그러나,

"저는 모릅니다."

쌍피의 대답은 무심하다. 김강한이 설핏 인상을 써보지만, 굳이 더 캐묻지는 않는다.

이철진이 그를 보자는 이유는 아마도 최근 벌어진 정호일과 최도준에 관련된 사항이기 쉽다. 쌍피가 이철진에게는 보고하지 않겠다는 그와의 약속을 나름대로는 지켰다고 하더라도 일을 처리하는 과정에서는 결국 이철진이 대강의 사정을

알게 될 수밖에 없으리라는 것은 처음부터 수긍하고 있던 터이기도 하다.

어쨌든 이철진이 만나자고 하는 걸 무작정 무시해 버릴 수는 또 없는 노릇이다.

"별일도 없고 하니 그러지, 뭐."

김강한이 나설 채비를 하면서도 찡그린 인상을 다 풀지는 않는다. 사뭇 내키지 않는 듯이.

등장

최도준은 일단 감시를 붙여서 서해 개발의 사무실을 지켜보도록 했다. 그런데 조상태는 사무실에 잘 출근을 하지 않는 듯하다. 며칠째 사무실에는 남직원 하나와 여직원 하나만 있다는 보고이다.

나흘째다. 오늘도 별다른 상황이 없으면 조상태에게 직접 전화를 해봐야겠다는 생각인데, 급한 보고가 들어온다.

휠체어를 탄 남자와 그 수행원으로 보이는 남자 하나가 서해 개발의 사무실로 들어갔는데, 휠체어의 남자가 서해 개발의 전임 대표이자 현재는 고문직에 있는 이철진으로 보인다는 것이다.

그리고 잠시 뒤 사무실을 지키던 남직원과 여직원, 그리고 휠체어를 밀고 들어간 수행원이 바깥으로 나왔다는 보고에서 최도준은 감을 잡는다.

'곧 조상태가 등장하겠군.'

이철진은 아마도 조상태와 둘만의 중요한 얘기를 나누기 위해 미리 다른 사람들을 사무실 밖으로 내보낸 것이리라.

보상 심리

최도준은 서해 개발 사무실 앞에 도착한다. 과연 그의 감이 맞았다. 그가 이동하는 중에 조상태와 그의 수행 비서가 사무실로 들어갔다는 것이다.

최도준의 곁으로 세 명의 건장한 사내들이 따라붙는다. 그들을 보면서 그는 괜스레 어깨에 힘이 들어가는 기분이다. 국제파의 주먹 중에서도 최강으로 꼽힌다는 자들이다. 뿐더러 여차하면 국제파의 방대한 조직이 즉각 동원될 것이다.

사실은 최도준이 국제파에다 굳이 강조하여 '최강자'들을 보내달라고 요구한 것이다. 그런 데는 그날의 로열 파티에서 조상태가 보인 위용에 압도당할 수밖에 없었던 것에 대한 보상 심리가 작용한 점도 상당 부분 있다고 하겠다.

무법 지대

최도준은 문을 밀고 사무실 안으로 들어서며 힐끗 내부의 전경을 훑는다. 내부에는 세 사람이 있다. 휠체어에 앉은 이철진, 그를 마주하고 소파에 앉아 있는 조상태, 그리고 소파 뒤쪽에 서 있는 조상태의 수행 비서.

갑작스러운 방문객을 맞으면서도 조상태 등은 별 표정의 변화 없이 그저 무덤덤한 기색이다. 그런 광경에서 최도준은 설핏 당황스럽다. 그러나 국제파의 주먹들이 등 뒤로 버티고 서는 걸 느끼면서 그는 여유로운 미소를 떠올리며 조상태를 향해 말을 건넨다.

"조 대표, 나 기억하겠습니까?"

조상태가 또한 입가에 희미하게 미소를 만들며 나직한 목소리로 받는다.

"최도준."

그 단도직입적인 화법에 최도준이 다시금 설핏 당황스럽지 않을 수 없는 중에 조상태가 덧붙여 묻는다.

"당신이 여기는 웬일이지?"

숫제 반말이다. 그러나 그 덕에 최도준은 오히려 기분이 차분하게 가라앉는다. 어차피 이곳은 이제부터 무법 지대가 될 것이다. 그런 만큼 오로지 목적만이 중요할 뿐이다. 예의나 에티켓 따위는 그저 성가신 치레일 뿐이다.

"조상태 당신한테 물어볼 게 있어서 왔어."

"별로 대답해 주고 싶은 기분은 아니지만, 물어볼 게 뭔지 일단 말은 해봐."

시큰둥한 조상태의 반응에 최도준이 잠시 김강한을 노려보고 나서 다시 묻는다.

"정호일에게 대체 무슨 짓을 한 거지?"

"무슨 짓?"

김강한이 반문하고 나서 느긋한 투로 잇는다.

"내가 무슨 짓을 했다 치더라도 그걸 왜 당신한테 말해줘야 하지?"

"왜냐하면……."

최도준이 차갑게 웃으며 덧붙인다.

"내가 알기를 원하니까."

김강한이 힐끗 최도준의 어깨너머로 시선을 주고 나서 다시 묻는다.

"지금 그 말은 데리고 온 저 친구들을 믿고서 하는 소리인가?"

그 물음에는 최도준이 대답 대신 차갑게 웃어주며 천천히 한쪽 옆으로 비켜선다.

외단

국제파의 주먹 중 하나가 앞으로 성큼 나서는 걸 보며 최도준이 곧장 인상을 찡그리며 고갯짓을 한다. 셋이 한꺼번에 나서서 단번에 조상태를 무릎 꿇리라는 재촉이다. 어설픈 일대

일 대결이나 구경하자고 여기까지 온 건 아니지 않는가? 그리고 같잖게 깡패 새끼들 주제에 무슨 대결 놀음인가 말이다.

김강한의 입꼬리가 설핏 올라간다. 희미한 웃음기다. 최도준의 다그침에 나머지 두 사내가 뒤늦게 앞으로 나서는 것에 대해서가 아니고 쌍피가 불쑥 나서며 그의 앞을 가로막고 선 데 대해서다. 시키지도 않았는데 말이다. 그가 슬쩍 뒤로 빠진다.

한 발 앞서 있던 사내가 쌍피를 향해 다가서자, 뒤쪽의 두 사내가 재빨리 거리를 좁혀간다. 그러나 뒤쪽의 두 사내는 이내 주춤거리며 당황하는 기색이 되고 만다.

외단이 작용하고 있다. 그것이 만들어낸 무형의 은밀한 장벽이 그들 두 사내의 앞을 가로막고 있다.

냉혹

앞의 사내가 곧장 쌍피에게로 돌진하며 로우 킥으로 하체 중심을 흔드는 동시에 연속적으로 펀치를 날린다. 쌍피는 잔뜩 움츠린 채로 가드를 두껍게 올려 사내의 잔펀치를 받아준다. 그리고 하체를 노리는 킥들을 흘리면서 비스듬히 원을 그리며 물러서는 것으로 상대의 예봉을 피한다.

한순간 사내가 빠른 스텝으로 거리를 좁히면서 맹렬하게 펀치 세례를 퍼붓는다. 빠르고 집중적인 연타 공격이다. 그런 중에 다시 강력한 하이 킥이 기습적으로 작렬한다. 연신 뒤로 물러서는 쌍피의 걸음이 다급하다.

사내는 다시 한순간 기습적으로 태클을 감행한다. 아래쪽을 파고들면서 단숨에 허리를 제압하려는 시도다. 그런데 그 순간이다. 시종 밀리며 물러서기만 하던 쌍피가 주저앉듯이 자세를 낮춘다. 동시에 오른 다리를 뒤로 빼는 한편으로 양손으로는 사내의 머리를 감싸 제압하며 태클에 버틴 뒤 이어 연결 동작으로 오른 무릎을 사내의 얼굴에 꽂는다.

퍽!

단 일격이다. 쌍피가 뒤로 몸을 빼자 사내의 몸이 그대로 허물어지며 바닥으로 널브러진다. 그러고는 아예 움직임이 없다.

천천한 걸음으로 물러나는 쌍피에게서는 아무런 표정도 읽을 수가 없다. 그저 무심해 보이는 그에게서 문득 지독히도 냉혹한 승부사의 느낌이 물씬 풍긴다.

속수무책

퍼, 퍽!

김강한의 가벼운 손짓에 두 사내가 힘없이 쓰러진다.

다른 사람들이 보기에는 차라리 의아하리만치 이해하기 어려운 노릇이다.

김강한의 그 간단한 공격에 사내들이 왜 방어는커녕 이렇다 할 저항의 시도조차도 하지 않는 모습인지.

그리고 기껏 가벼운 손짓에 그처럼 단단해 보이는 몸집들이 왜 또 그렇게 허무하게 무너지는지.

그러나 사내들로서는 속수무책이다. 외단에 구속당해 있는 상태에서 혈을 집혔으니.

확신의 확신

최도준은 크게 당황스럽다.

전국구 메이저 조폭 중에서도 서열 1위의 조직인 국제파다. 그중에서도 최강의 주먹으로 꼽힌다는 자들이다.

그런 자들이 너무도 간단히 깨져 버렸다.

그의 예상 또한 간단히 빗나가 버렸다.

조상태는 물론이고 그의 수행 비서까지도 그가 평가한 것보다 훨씬 더 강한 존재들인 것이다.

그러나 최도준은 이내 당황을 추스른다.

그럼에도 저들이 감히 그를 어떻게 하지는 못할 것이다. 그가 누구인지, 어떤 사람인지 알고 있을 것이며, 그런 이상에는.

뿐더러 그에게는 준비된 수가 아직 남아 있는 것이다.

글쎄? 무슨 짓부터 할까?

"바깥에 국제파 조직원들이 집결해 있다는데?"

휴대폰으로 걸려온 전화를 받고 난 이철진이 쌍피를 보며 하는 말이다. 쌍피가 힐끗 김강한을 보지만, 김강한이 눈길을 최도준에게로 주며 덤덤한 투로 묻는다.

"역시 당신과 관계가 있나?"

최도준이 가볍게 어깨를 으쓱하는 것으로 시인하며 차갑게 뱉는다.

"내 명령 한 마디면 이곳은 쑥대밭으로 변해."

김강한이 가볍게 실소한다.

"뭐 그렇게 하든지 말든지는 당신 맘대로 해. 다만 그 전에 당신부터 대가를 치러야 할걸?"

이어 김강한이 성큼 다가서자, 최도준이 화들짝 놀라서는 황급하게 뒤로 물러나며 소리친다.

"감히… 무슨 짓을 하려는 거야?"

김강한이 덤덤하게 반문한다.

"글쎄? 무슨 짓부터 할까? 일단 코피부터 내줄까?"

"당신 내가 누군지 몰라? 경고하는데, 내 앞에서 함부로 나 댔다가는 정말 죽여 버린다?"

"어쩌지? 난 성격이 더러운 편이라서 경고 같은 거 받으면 괜히 더 나대고 싶어지는데?"

김강한이 다시금 한 걸음을 성큼 다가선다. 그러자 최도준이 재빨리 몸을 피하는데, 하필이면 이철진이 있는 쪽이다. 최도준으로서는 궁여지책일 터이지만, 쌍피가 가장 예민해하는 부분을 건드린 격이다.

쌍피가 곧장 달려드는데 그 기세만으로도 사람을 죽일 듯이 살벌하다. 그에 최도준이 이윽고는 질린 얼굴이 되고 만다.

정상적인 사고의 범주

"잠깐!"

이철진의 그 한 마디에는 쌍피가 여지없이 멈춘다. 이어 손짓으로 쌍피를 뒤로 물린 이철진이 김강한을 향해 차분한 투로 말을 건넨다.

"조 대표, 무슨 상황인지 모르겠지만, 어쨌든 국제파가 개입되어 있으니만큼 가볍게 대할 상황은 아니오. 그러니 일단은 앞뒤 사정이 어떻게 된 건지 파악부터 좀 해보도록 합시다."

김강한이 힐끗 쌍피에게로 시선을 준다. 별 뜻이 있는 건 아니다. 그런데 쌍피가 슬쩍 그의 시선을 피해 버린다. 아마도 이철진을 앞에 두고서 김강한이 자신의 의사를 물어보는 것으로 여겨 순간 당황스러워진 것 같다. 김강한이 괜스러운 실소를 슬쩍 누르고 나서야 이철진의 말을 받는다.

"국제판지 뭔지 난 그런 거 모릅니다."

"허!"

이철진이 어쩔 수 없이 짧은 탄식을 불어내고 말지만, 김강한이 상관하지 않고 다시 쌍피에게로 시선을 주며 시큰둥하니 던진다.

"당신은 어때?"

"뭘… 말씀이십니까?"

쌍피의 반응이 애매하다. 이철진의 면전이니 그럴 수밖에 없으리라는 점은 재차 수긍하는 바이지만, 김강한이 짐짓 퉁명스럽게 다시 묻는다.

"당신도 국제판지 뭔지가 껄끄럽냐고."

쌍피의 눈빛이 설핏 흔들리더니 이철진 쪽을 본다. 그러나 김강한이 그들 사이의 교감이 끝나기를 기다리지 않고 곧바로,

"그럼 이 고문 모시고 별실로 들어가 있어."

하고 지시한다. 순간 쌍피의 얼굴이 문득 무표정하게 변한다. 그러더니 그가 똑바로 김강한을 직시하며 나직하게 묻는다.

"그러기를 바라십니까?"

순간 김강한이 인상을 확 그리며 뱉는다.

"자꾸 그딴 식으로 물을 거야? 지난번에도 그러더니."

"제겐 중요한 일입니다."

쌍피가 무표정을 풀지 않으며 건조하게 받는다. 그런 데는

김강한이 잠시 시선을 마주치고 있다가 가볍게 실소하고 만다.

"난 당신이 수행 비서 노릇을 제대로 좀 해줬으면 좋겠어. 내 수행 비서답게 말이야."

김강한의 뒤늦은 대답이다. 그리고 그것에 대해 쌍피가,

"알겠습니다."

하고 짧은 대답을 낸다. 그런 그의 입가로 희미한 웃음기가 비치는 것 같더니 곧바로 사라진다.

최도준이 설핏 표정을 일그러뜨리고 만다. 조상태는 도무지 정상적인 생각을 가진 자가 아닌 것 같다. 그의 수행 비서라는 자도 그렇고. 그는 이철진의 휠체어 쪽으로 한 걸음을 더 다가선다. 그나마 정상적인 사고의 범주를 가진 사람이다.

타협

휠체어를 밀려는 쌍피를 가벼운 손짓으로 멈추게 하고 나서 이철진이 다시금 김강한을 향해 차분하게 말을 꺼낸다.

"조 대표, 한 조직을 대표하는 사람에게는 그 권한에 상응하는 책임과 의무가 따르는 법이오. 조 대표는 우리 서해 개발의 대표요. 그런 만큼 어떤 상황에서도 협상과 타협을 통한 원만한 해법을 우선순위에 두고 물리적인 해결책은 가장 마지막 단계에 두기를 충언하는 바이오."

김강한이 설핏 이마를 찡그리지만 굳이 반응을 보이지는 않는 중에 이철진이 이번에는 최도준을 향해 시선을 돌린다.

"간단히 말하겠소. 곱게 돌아가도록 해줄 테니 바깥의 국제파부터 물리시오. 그리고 우리와 해결해야 할 문제가 있다면 다른 날 다시 시간을 잡아보는 걸로 합시다."

최도준이 힐끗 김강한의 눈치부터 본다. 김강한만 동의한다면야 자신으로서는 이의가 없다는 뜻이리라. 이철진이 다시 김강한과 시선을 맞추며 담담한 미소를 머금는다.

김강한으로서도 굳이 이의가 있을 것까지는 없다. 최도준과 해결할 일이 있기는 하지만, 그것이야 어디까지나 그의 개인적인 문제이니 가급적 조용하게 처리하는 게 맞을 것이다.

"오케이!"

김강한의 간단한 동의에 최도준은 곧바로 몸을 돌린다. 그때쯤 몸을 추스르고 한쪽으로 물러나 있는 국제파의 주먹들을 향해서다. 실패한 자들이고 그의 자존심을 추락시킨 자들이다. 그가 차갑게 호통 친다.

"뭐 하고 있어, 빨리 꺼지지들 않고?"

사내들의 눈빛에 설핏 분노가 서린다. 그러나 그들은 절뚝이는 걸음으로 서둘러 사무실을 빠져나간다.

내놔, 동판!

막 사무실을 나가려던 최도준이 문득 몸을 돌리며 묻는다.

"조상태, 한 가지만 물어보자. 당신 혹시 중국인들과 관련이 있나?"

대강의 의도가 짐작되는 질문이다. 그러나 김강한이 가볍게 고개를 가로젓는 것으로 대답을 대신한다. 그런 그에게 잠시 더 유심한 시선을 주던 최도준이 다시 사무실 출입문을 열려고 할 때다.

쾅!

바깥에서 누군가 발로 걷어찬 듯이 문이 거칠게 열린다. 최도준이 튕기듯 뒤로 물러나는 중에 사내 둘이 사무실 안으로 들어선다. 하나는 블랙 톤의 정장 차림인데 날렵하고도 날카로운 인상이고, 다른 하나는 마치 드럼통처럼 두꺼운 몸집의 거구인데 아래위로 회색의 통가죽 옷을 입은 듯한 사뭇 특이한 차림새다. 한 걸음 앞에 선 블랙 정장 사내가 한눈에 사무실 내부를 훑어보더니 곧장 최도준에게로 향한다. 통가죽 사내가 그 뒤를 성큼성큼 큰 걸음으로 따라붙는다.

사내들이 풍기는 날 선 기세에 최도준이 재빨리 뒷걸음질을 치더니 아예 김강한의 뒤로 숨다시피 한다. 그런데도 두 사내의 걸음은 거침이 없다. 예의 주시하고 있던 쌍피가 앞으로 나서려는 것을 김강한이 눈짓으로 일단 제지한다. 그런 중에 블랙 정장 사내가 그의 몇 걸음 앞에까지 와서는 우뚝 멈추어 선다. 그러나 블랙 정장 사내는 정작 마주하고 있는 김강한은 아예 안중에도 없다는 듯이 시선을 여전히 최도준에게만 고정시키고 있다.

"내놔, 동판!"

블랙 정장 사내가 불쑥 뱉는다. 무겁고 딱딱할뿐더러 억양이 사뭇 어색해서 마치 외국인이 어설프게 한국말을 하는 듯한 느낌이다. 물론 최도준에게 하는 말이고.

"당신들, 대체 뭐야? 난 동판 같은 거 모른다고 했잖아? 그런데 자꾸만 내놓으라니 날보고 도대체 어쩌라는 거야?"

최도준이 항변하듯이 외친다. 김강한이 처음에 블랙 정장 사내가 말했을 때는 그 특이한 말투와 억양 때문에라도 제대로 듣지 못했는데, 지금 최도준의 항변에서야 '동판'이라는 단어가 사뭇 선명하게 귀에 들어온다.

그것일 터다. 윤명호가 말한 바 있는 바로 그것. 천락비결과 천환묘결, 천공행결의 최초 원본이 새겨져 있는 것으로 짐작되는 바로 그 동판.

괴물

블랙 정장이 문득 뒤로 물러나더니 그 자리를 대신하듯 통가죽 사내가 불쑥 앞으로 나선다. 그리고 다음 순간이다.

"우앗!"

기이한 기합과도 같은 소리를 내지르며 통가죽 사내가 곧장 김강한에게로 덮쳐든다. 그 기세가 마치 한 마리 거대한 회색 곰이 포효하며 덮쳐드는 듯이 거칠고 포악하다.

김강한이 반사적이다시피 뒤로 몸을 뺀다. 그러나 통가죽 사내의 목표가 그의 뒤에 숨은 최도준이겠기에 김강한이 한편으로 손을 뻗어 최도준의 앞섶을 움켜잡는다. 그리고 비스듬히 오른쪽 후방으로 퇴보(退步)를 밟으며 통가죽 사내를 피해 나간다. 통가죽 사내가 곧장 몸을 틀며 그와 최도준을 뒤쫓아오지만, 조금은 둔한 모양새다. 쌍피가 기습적으로 통가죽 사내의 측면을 치고 들어간 건 바로 그때다.

파파곽!

쌍피의 번개 같은 연타가 고스란히 통가죽 사내의 몸에 작렬한다. 그런데 통가죽 사내는 별로 충격을 받는 모양새가 아니다. 오히려 가격을 한 쌍피의 주먹에 얼얼한 마비가 오고 있다. 마치 단단한 통나무를 친 듯하다. 다만 통가죽 사내는 역시 순발력과 민첩성에서 상대적으로 둔한 모습이어서 쌍피는 다시 몇 차례의 타격을 성공시킨다. 그러나 역시나 별 충격을 주지는 못한다.

통가죽 사내가 몸을 잔뜩 움츠려 얼굴과 상체의 주요 급소만 보호한 채로 웬만한 타격은 그대로 받으면서 탱크처럼 돌진하며 거리를 좁혀든다. 쌍피가 통가죽 사내에 대해 유일하게 가지는 우위는 속도다. 그러나 계속해서 피하고 밀리는 중에 그는 그 유일한 강점마저 제대로 활용할 수 없는 처지에 몰리고 만다. 이철진 때문이다. 그가 다시 피해 버리면 뒤쪽에 있는 이철진이 곧장 통가죽 사내와 맞닥뜨리는 상황이 되고 만 때문이다. 순간 쌍피의 양손에 날카로운 빛이 감돈다. 예의 그 한 쌍의 손칼이다.

숫!

오른손의 칼날이 통가죽 사내의 어깨를 긋는다. 그러나 쌍피는 곧바로 흠칫 인상을 쓰고 만다. 칼날에 걸리는 감이 어색하다. 제대로 베지 못하고 그냥 긁고만 나온 느낌이다.

스숫!

다시 두 번을 잇달아 그어보지만 마찬가지다. 사내의 통가죽에는 베인 흔적조차 없다. 보통의 가죽이 아니다. 그런 중에도 통가죽 사내는 거침없이 돌진해 오고 있다. 이건 괴물이다. 도검조차 통하지 않는 갑옷의 괴물. 쌍피가 이윽고 당황하고 만다. 그의 등골로 한 줄기 식은땀이 흐르며 차가운 전율로 번진다. 그런데 그때다.

"물러나!"

누군가 빠르게 그의 곁으로 붙어 서며 나직이 호통을 친다. 그 단호한 어조에서 그것은 명령이다.

'아!'

순간 쌍피는 안도의 탄식을 뱉는다. 통가죽 사내에게 몰입하느라 잠시 잊고 있었지만, 그의 편이 있던 것이다. 그가 능히 의지할 만한.

확장

쌍피가 튕기듯이 측면으로 빠져나간 자리를 김강한이 메우며 곧장 통가죽 사내를 맞아간다.

퍽!

둔탁한 소리에서 두 사람은 마치 온몸으로 부딪친 듯하다. 그러나 실상 그들 사이에는 보이지 않는 하나의 벽이 존재한다. 바로 외단이다. 외단이 무형의 벽을 만들며 사내를 가로막고 있는 것이다.

"끄앗!"

통가죽 사내가 기묘한 소리를 내지르며 밀어붙이기 시작한다. 김강한의 상체가 기우뚱 뒤로 밀리고 만다. 엄청난 힘이다. 마치 한 마리 거대한 곰에게 짓눌리는 듯한 압박이다. 그러나 다음 순간 김강한의 내부로부터 일단의 웅혼한 내력이 일어나고, 그는 곧장 상체의 밀림을 되돌린다.

내단(內丹)의 작용이다. 아니다. 내단의 작용이라기에는 좀 애매하다. 사실 김강한은 이미 금강부동(金剛不動)의 과정에 들어서 있는 중이고, 어느 때부터인가 내단과 외단의 구분이 명확하지 않게 되었다. 금강부동에 관한 이치는 처음에 아주 생소하고도 이상했다. 그러나 외단과 내단이 계속 성장을 해나가면서 그는 조금씩, 그리고 저절로 그 안의 이치를 이해해

가고 있는 중이다. 다만 그것의 이치는 이해하게 될수록 더욱 심오해지고, 게다가 전혀 새로운 영역으로 계속해서 확장을 해나가고 있는 중이라서 그 끝에 과연 무엇이 있을지는 갈수록 요원해지는 느낌이다.

[부동신(不動身)은 사람과 자연의 기운을 서로 조화시키는 무한한 이치에 관한 것이다. 부동신을 익혀 자연의 기운과 동화되는 경지에 이르게 되면 신체 외부에 무형의 기공간(氣空間)이 형성되게 되는데, 이것을 외단(外丹)이라고 한다. 외단은 성취에 따라 무한히 넓어지고 깊어져서 이윽고 사람과 자연이 온전히 동화되는 무궁(無窮)의 도(道)에 이를 수 있다. 부동신이 높은 경지로 접어들기 위해서는 그 가없음의 중심이 되어줄 굳건한 근원을 필요로 한다. 아무리 가없고 무궁하다 하더라도 그 근원이 없다는 것은 결국 존재하는 것이 아니기 때문이다. 그 굳건한 근원이 바로 금강신(金剛身)이다. 금강신은 외단을 일정 경지 이상으로 성취한 후에야 수련을 시작할 수 있는데, 그것은 내단(內丹)의 발아가 전제되어야 하기 때문이다. 내단은 부동신의 외단에 대비되는 개념으로 금강신에서 추구하는 내공의 본원(本源)이다. 부동신과 금강신, 곧 외단과 내단은 상생의 이치로 외부의 자극과 충격을 촉매로 삼아 끊임없이 서로를 보완하는 과정을 수행하면서 스스로 강해진다. 그리하여 내단이 천만 번 두드려지면 이윽고 완전한 금강신에 이르는데, 곧 금강불괴지신(金剛不壞之身)이다. 더불어 금

강불괴지신을 근원으로 무한히 확장한 외단은 이윽고 그 어디에
도 없고 또한 그 어디에도 있는 무궁지경(無窮之境)에 이르게 된다.
이는 곧 금강부동(金剛不動)의 완성이니 마음이 일어 행하지 못할
것이 없게 되는 궁극의 경지이다.]

탄경(彈勁)

　쌍피는 그의 조상태 대표에 대해 차라리 신기한 생각마저
든다. 그가 겪어본 바 통가죽 사내의 힘은 그야말로 괴물의
그것이라고 할 수밖에 없었다. 그런데 그런 괴물과 단순하게
힘으로 맞닥뜨리고도 전혀 밀리지 않으며 팽팽한 대치를 이루
고 있는 조상태의 힘은 또 어떻게 이해를 해야 한단 말인가?
　그러나 한순간 쌍피는 다시 긴장한다. 블랙 정장 사내가 다
가오고 있다. 틈을 타서 최도준을 노리는 것이리라. 사내 역
시 통가죽 사내와 버금가는 능력을 지녔을지 모른다. 그런 이
상 비록 사내가 최도준을 목표로 하고 있는 것이라고 해도 어
쨌든 이철진 가까이로 접근하게 둘 수는 없다. 지금 상황에서
이철진을 보호하는 것은 오로지 그의 몫이다. 쌍피는 블랙 정
장 사내의 움직임에서 눈을 떼지 않은 채로 이철진의 휠체어
를 당기며 천천히 뒤로 물러선다. 그리고 벽을 등지고 서면서
벽면에 은폐되어 있는 스위치를 누른다.
　스르륵!

소리 없이 밀실의 문이 열린다. 쌍피가 재빨리 이철진의 휠체어를 밀실 안으로 밀어 넣는다. 그런데 그때다. 어느 틈에 곁으로 따라붙었는지 최도준이 또한 잽싸게 밀실 안으로 몸을 밀어 넣으려고 한다. 그러나 그 시도는 재빠르게 앞을 가로막은 쌍피에 의해 제지된다. 최도준이 감히 쌍피를 밀치고 밀실 안으로 들어설 엄두까지는 내지 못한 채로 다급한 기색이 될 때다.

"들어오게 해!"

이철진이다. 쌍피가 최도준을 노려보지만, 이철진의 절대 명령을 거역하지는 못해서 길을 터준다. 최도준이 재빨리 밀실 안으로 들어서서는 이철진을 향해 가볍게 고개를 숙여 보인다. 그런데 쌍피가 다시 밀실의 문을 닫으려 할 때다.

"그냥 둬!"

이철진이 다시 명령하며 한 손을 들어 보인다. 그런 그의 손에 작은 사각형의 물건 하나가 쥐어져 있다. 문의 개폐를 조작할 수 있는 리모컨이다. 곧 그가 스스로 판단하여 언제라도 밀실의 문을 닫을 수 있다는 것이리라.

그에 쌍피가 문에서 두어 걸음을 옆으로 비켜서며 우뚝 버티고 선다. 그런 그의 네다섯 걸음 앞에 블랙 정장 사내가 와 있지만 섣불리 움직일 모양새는 아니다. 쌍피가 그제야 약간의 여유를 가지고 힐끗 김강한과 통가죽 사내가 얽혀 있는 쪽으로 시선을 줄 때다.

팡!

마치 배구공을 손바닥으로 세게 칠 때와 같은 소리가 나고, 동시에 김강한과 통가죽 사내가 튕기듯이 떨어진다. 그러고는 누군가 천천히 무너져 내린다. 통가죽 사내다. 그런 통가죽 사내의 입과 코에서 검붉은 빛의 피가 줄줄 흘러나온다. 탄경(彈 勁)이다. 김강한이 순간적으로 발출한 탄경이 통가죽 사내의 내부를 거세게 뒤흔들어 놓은 것이다.

감사

"병원으로 데리고 가라!"

김강한이 블랙 정장 사내에게 하는 말이다. 블랙 정장 사내가 경악의 기색이 역력하던 중에 그 말을 듣고서야 주춤거리며 통가죽 사내에게로 다가선다. 그러나 그는 곧바로 통가죽 사내를 부축해 일으키지 않고 한 걸음 떨어진 곳에서 짧고 날카로운 휘파람 소리를 낸다.

삑!

그러자 통가죽 사내가 잠시 꿈틀거리더니 힘겨운 움직임으로 몸을 일으켜 세운다. 그런 통가죽 사내의 코와 입술 주변에는 피가 홍건하지만 얼굴은 여전히 무표정하기만 해서 감정이나 감각 따위가 아예 없는 사람처럼 보인다.

블랙 정장 사내가 김강한을 향해 가볍게 목례를 해 보이고

는 서둘러서 사무실을 나선다. 그 바로 뒤를 통가죽 사내가
비칠거리는 걸음걸이로 따른다.

최도준이 또한 김강한을 향해 가볍게 고개를 숙인다. 이어
그는 이철진을 향해서도 다시 고개를 숙여 보인다. 적대적인
입장으로 왔음에도 위급한 상황에 처한 자신을 챙겨준 데 대
해 최소한의 감사를 표시하는 것이리라.

새로운 가정과 의문

김강한은 내심 쓴웃음을 짓고 만다. 의도한 바는 아니지만
결과적으로 최도준을 도와준 꼴이 된 데 대해서다. 직접 부딪
쳐 본 결과 구체적으로 정의하기는 어렵지만 통가죽 사내는
뭔가 특별한 힘을 지니고 있었다. 그 특별함이란, 뭘까? 마
치 동판에 기재된 천락비결이나 천환묘결, 그리고 천공행결 등
이 가지는 특별함과도 맥이 닿는다고 할까? 그러나 통가죽 사
내의 특별한 힘이 막상 그것들로부터 비롯된 건 아니라는 판
단이다. 그런 점에서 그는 사뭇 새로운 가정과 의문을 가져보
게 된다.

'다른 동판이 더 존재하는 걸까? 그래서 그 세 가지의 요결
외에 또 다른 종류의 요결이 존재하고, 통가죽 사내의 특별한
힘도 그것으로부터 나온 걸까?'

흥미, 그리고 기대

김강한은 다른 측면에서의 흥미가 생기기도 한다.

내단과 외단을 근간으로 한 그의 능력은 이미 애초에 그가 상상하던 범주를 훨씬 뛰어넘는 정도로 커졌고, 지금도 계속 커지고 있는 중이다. 그리하여 앞으로 그 능력이 과연 얼마만큼이나 더 커질지 감히 예측할 수 없으니 향후에 그처럼 거대해진 능력을 어떻게 감당할지에 대한 두려움마저 슬슬 생기고 있는 중이다.

그런 터에 최도준이 지닌 동판을 쫓는 자들이 나타났고, 아울러 그자들이 선보인 특별한 힘이 또 다른 어떤 요결로부터 비롯된 것일 수도 있다는 가정에서 그는 스스로가 지닌 특별한 능력에 대한 근원 역시도 추적해 볼 수 있는 작은 단서 하나를 찾은 듯한 느낌도 가져보게 되는 것이다.

물론 최도준의 동판으로부터 비롯된 천락비결 등의 요결들과 내, 외단을 근간으로 하는 금강부동결은 서로 간에 아무런 연관이 없어 보인다.

그러나 돌이켜 보건대 그가 천락비결 등의 요결을 처음 봤을 때 문자로 기록된 부분을 전혀 해독하지 못한 상태에서 단지 삽입된 그림만으로도 그것이 내포한 이치와 원리의 대략을 이해할 수 있었다.

그런 점에서 그것이 어쩌면 그가 금강부동결의 이치를 먼저

접한 때문일 것이라고 추정을 해보는 것이다. 그리고 그런 추정에서 다시 금강부동결과 천락비결 등의 요결들 사이에 지금으로는 전혀 짐작조차 해보지 못하는 것이지만, 막상은 어떤 밀접한 연관이 있을 수도 있다는 재차의 추정을 해보게 되는 것이다.

그리하여 일단 천락비결 등의 요결에 대한 기원과 내력 등에 대해서 어떤 정보를 확보할 수 있다면 그것으로부터 다시 금강부동결에 대해서도 추가적인 정보를 추적해 볼 수 있지 않을까 하는 기대까지를 가져보게 되는 것이다.

제1장

—

내 여자

연락하라고 하지 않으셨습니까?

　김강한의 휴대폰으로 전화 한 통이 걸려온다. 아주 드문 일
이다.

"대표님, 접니다!"

　휴대폰 저편의 목소리에 김강한이 설핏 당혹스럽다. 다짜고
짜 저라니? 다행히 목소리가 곧장 이어지고 있다.

"중산입니다."

"아⋯⋯!"

　중산의 이미지가 곧바로 떠오르지만 여전히 당혹스럽다.

"무슨 일로……?"

그런데 김강한의 그런 대응에 대해서는 저쪽의 중산 또한 설핏 당혹스러워하는 느낌이고 나서야 다시 말을 잇는다.

"무슨 일 생기거든 연락하라고 하지 않으셨습니까?"

중산의 목소리에서는 서운하다는 기색마저 비친다. 그리고 그제야 비활성 상태로 있던 김강한의 기억 한편이 빠르게 활성화되기 시작한다. 그 자신의 원한과 울분을 푸는 일에 몰입하느라 한동안 까맣게 외면하고 있던 영역이다. 그 영역에 묻혀 있던 기억의 편린들이 각각의 스프링이라도 되는 것처럼 통통거리며 튀어 오르기 시작한다.

"저희 아가씨께서 지금 몹시 위태로운 지경에 처해 있습니다!"

"저희 아가씨를 안전하게 보호만 해주신다면 사례금은 원하시는 만큼 드리겠습니다!"

"100억을 드리면 되겠습니까?"

'일본에서 3대 조직 안에 들어가는 거대 야쿠자 조직인 나카야마카이의 당대 총오야붕 나카야마 미사루의 딸', '한화로 1조 원에 달하는 천문학적 규모의 유산', '새롭게 나카야마카이의 총오야붕이 된 진초희의 이복오빠', '진초희의 존재 자체를 제거해 버림으로써 그녀에게 갈 유산마저도 독차지하겠다는 의도', '나카야마카이 측의 행동 임박.'

"아가씨께서 누구도 믿을 수 없고 폐를 끼치고 싶지도 않지만, 대표님이라면 믿을 수 있겠다는 말씀을 하셨습니다!"

"내가 왜 그런 일에 끼어들어야 해? 왜 스스로 내 무덤을 파야 하냐고? 100억 아니라 1,000억을 준다 해도 노땡큐야! 정중히 거절할 테니까 당신들 일은 당신들이 알아서 해!"

"제발 저희 아가씨를 도와주십시오! 아가씨에겐 달리 도움을 구할 데가 없습니다!"

"혹시 정말로 무슨 일 생기거든 일단 연락은 해봐."

　　　진즉에 좀 확실히 해놓을 걸 그랬나?

"주변에 수상한 인물들의 동향이 감지되는데, 아무래도 나카야마카이에서 보낸 자들 같습니다."

중산의 말에 김강한이 한참이나 풀려 나간 생각의 타래를 되감으며 묻는다.

"지금 어디야?"

"강남의 P호텔입니다. 와주실 수 있겠습니까?"

중산의 목소리에서 설핏 안도와 반색이 느껴진다.

"근데 웬 호텔이야?"

"아가씨의 안전을 고려해서 한 곳에 머물기보다 여기저기 거처를 옮겨 다니고 있는 중입니다."

"알았어. 지금은 내가 일이 있어서 좀 그렇고, 시간이 나는 대로 한번 가볼게."

"정말 감사합니다, 대표님."

중산의 인사를 들으며 전화를 끊고 나서 김강한은 마음이 조금 불편하다. 그녀 진초희가 여기저기 거처를 옮겨 다니면서 호텔을 전전할 정도로 불안에 떨고 있나 싶다.

그리고 중산이 나카야마카이를 말했지만, 그는 오히려 다른 가능성에 대해서 생각을 해본다. 바로 최도준이다. 그자는 지난번에도 조폭을 동원해서 재차 진초희를 노린 적이 있지 않는가?

'진즉에 좀 확실히 해놓을 걸 그랬나?'

그런 스스로의 생각 속에서 김강한은 다시금 짧은 자문(自問)을 이어가 본다.

'확실히 해놓아?'

'뭘? 어떻게?'

'그녀를 건드리지 말라고?'

'니가 뭔데 간섭이냐고 따지고 들면?'

'이 여잔 내 여자라고 할 건가? 그러니까 아무도 건드리지 말라고?'

꼬리가 그런 데까지 늘어지는 데야 김강한은 이윽고 피식 실소하고 만다.

김강한은 오피스텔을 나서는 중이다. 중산에게는 지금은 일이 있으니 시간이 나는 대로 한번 가보겠다고 해두었지만, 계속 마음이 불편해서다. 밀린 숙제를 안 하고 노는 기분이랄까? 이렇게 불편할 바에는 후딱 한번 갔다 오는 게 낫겠다 싶어서 나서는 길이다.

쌍피에겐 당연히 알리지 않았다. 당장에 무슨 일이 벌어진 것도 아니고, 게다가 이건 그야말로 그의 개인적인 일인데 쌍피를 대동하고 가긴 그래서다. 그와 쌍피의 관계는 어디까지나 서해 개발 대표와 그 수행 비서라는 공적인(?) 관계이니 말이다. 그런데 외나무다리를 건너는 것도 아닌데, 막 오피스텔을 나가던 중에 그는 쌍피와 딱 마주치고 만다.

"어디 외출하십니까?"

쌍피가 묻는 말에 김강한이,

"으, 응."

하고 슬쩍 얼버무리는데, 쌍피가 눈치 없이 서둔다.

"잠시만 기다리십시오. 금방 차 빼 오겠습니다."

"아냐. 오늘은 나 혼자 볼일이 좀 있어."

"그럼 근처까지 모셔다드리고 저는 차에서 대기하겠습니다."

"어허, 참, 괜찮다는데도……."

김강한이 손사래를 칠 때다. 쌍피가 문득 정색을 한다.

"전 안 괜찮습니다."

"……?"

갑자기 이건 또 무슨 같잖은 시비인가 싶다. 혼자 볼일이
있으니 괜찮다고 하는데, 지가 뭐라고 감히 '저는 안 괜찮습니
다.' 따위의 소리를 지껄이는가 말이다. 김강한의 인상이 설핏
일그러지는데, 쌍피가 여전한 정색으로 덧붙인다.

"전에 저한테 그러셨지 않습니까?"

"무슨 소리야?"

김강한의 대꾸가 곱지 않다.

"제가 수행 비서 노릇을 제대로 좀 해줬으면 좋겠다고."

'그거하고 이거하고 무슨 상관인데?'

김강한이 쏘아주려다가는 일단 참고 본다. 쌍피의 표정이
사뭇 진지해 보여서다. 쌍피가 다시 말을 잇고 있다.

"설령 대표님의 사적인 일이라고 할지라도 불가피한 경우가
아니라면 수행해야 한다는 것이 제가 생각하는 수행 비서로
서의 임무이자 소관(所管)입니다."

"소관?"

"예. 제가 맡아서 할 일이라는 겁니다."

쌍피의 말에 대해 김강한이 선뜻 수긍이 되는 건 아니다.
사뭇 건방져 보이기까지 한다. 그러나 어찌 되었건 나름의 성
의를 보이겠다는 것은 분명하니 매몰차게 무시해 버리기는 또
그래서 그가 짐짓 통명스레 뱉는다.

"정 그렇다면 좋을 대로 하든가."

홍조(紅潮)

P호텔 객실의 응접세트에 진초희와 마주 앉은 김강한은 잠시 그녀에게 시선을 빼앗긴 채로 할 말을 잃고 있는 중이다.

그녀에게서는 뭔가 아련한 느낌이 풍기는 것만 같다. 뭐랄까? 희미한 그리움에서 비롯된 아련한 반가움 같은 것? 그러나 이내 또 불쑥 반감이 솟는다. 그럼 그가 그녀를 보고 싶어하기라도 했다는 건가? 그건 아니다. 그에게 그런 유치한 감정 따위가 있을 리 없다. 먼 예전엔 있었을지 몰라도 이미 잔뜩 메말라 비틀어져 버린 지 오래다.

'그냥 상상의 유희.'

김강한은 일단 그런 정도로 정의를 해둔다.

진초희가 가볍게 고개를 숙인다. 그런 그녀의 얼굴에서 김강한은 은은하게 비치는 홍조를 본다. 아니, 그런 것은 그 혼자만의 착각일까? 괜스레 얼굴이 뜨거워진다. 그녀를 앞에 두고 자꾸 엉뚱한 생각만 드는 때문이리라.

일단 나가!

김강한이 설핏 정신을 수습하고 보니 저쪽 창가에 나란히

서 있던 쌍피와 중산이 멀뚱한 시선으로 그를 보고 있다.

'뭘 봐?'

김강한이 슬쩍 째려주자 중산이 흠칫 시선을 피한다. 그러나 쌍피는 무표정인 채로 꿈쩍도 하지 않는다. 마치 그렇게 있는 것 또한 자신의 소관이기라도 하다는 듯이.

김강한이 응접세트에서 일어서며 불쑥 뱉는다.

"나가지."

"어디를요?"

반문하는 그녀의 양 눈썹 사이가 가만히 좁아진다. 마땅치 않다는 것이리라. 그러나 김강한이,

"일단 나가."

하며 다짜고짜 그녀의 손목부터 낚아챈다. 그런 그에 대해 그녀가 딱히 거부의 몸짓을 하지는 않는데, 마지못해 따라나선다는 기색이다.

쌍피와 중산이 곧장 따라나서려는 것을 김강한이 힐끗 눈총을 준다. 그런데 그 눈빛이 사뭇 노골적이게도 날카로워서 두 사람은 주춤 서고 만다. 임무와 소관에 그처럼 투철하던 쌍피까지도.

"괜찮을까요?"

객실의 현관문이 닫히기를 기다렸다가 중산이 나직이 묻는다.

"괜찮을 겁니다."

쌍피의 대답이 무심하다.

그리고 그걸로 두 사람의 대화는 끝이다. 둘은 그대로 각자의 침묵 속으로 빠져든다.

심통

"우리… 뭐 할까?"

김강한이 어색하게 물은 것은 호텔의 로비를 나서고 난 다음이다. 진초희는 대답 대신 잡혀 있는 손목을 가만히 빼낸다. 내내 잡혀 있느라 피가 통하지 않은 때문인지 아까부터 저려오던 손목이다. 문득 허전함을 실감하며 김강한이 다시 묻는다.

"뭐 먹고 싶은 거 있어?"

진초희가 가볍게 실소한다. 참 멋대가리 없는 대사다.

"왜 웃어?"

김강한의 물음에 가벼운 심통이 녹아든다.

"아니에요. 우리 좀 걸어요."

그녀가 한 걸음 앞으로 앞장선다. 그런 그녀에 대해 김강한이 다시금 심통이 도는데, 마침 저 앞쪽 길모퉁이에 작은 카페가 하나 보인다.

"커피 마실래?"

김강한이 묻긴 했지만 굳이 대답을 들어야겠다는 생각까

지는 없기에 곧장 다시 그녀의 손목을 낚아챈다. 그리고 성큼 앞으로 나서며 그녀를 이끈다. 그녀가 새삼 어이없다는 표정이다가는 다시금 가만히 실소를 머금고 만다.

평범한 삶을 살아왔다면

카페 안의 조명이 은은하다. 김강한은 새삼 그녀의 모습에 몰입해 있는 중이다. 이제까지는 다만 반가움이었다면 지금에서야 그녀의 모습이 제대로 보이는 듯하다. 그레이 톤의 니트 셔츠에 카키색 정장 스커트 차림도 지금에야 보이고, 얼굴의 엷은 화장도 지금에야 보인다.

'예쁘다. 이렇게나 예뻤나? 이렇게나 멋졌나?'

내심의 감탄이 저절로 생겨난다. 이어 의문이 뒤따른다. 지금껏 그는 그녀를 제대로 보지 못했는가? 그동안에는 그녀의 진가를 미처 몰랐던가? 아니면 그녀가 볼수록 매력이 커진다는 소위 '볼매' 스타일인가? 어쨌든 오늘 그녀는 정말 예쁘고 아름답고 멋지다. 그가 지금껏 보아온 그 어떤 여자보다도.

만약 그가 평범한 삶을 살아왔다면? 그리고도 그녀와 이런 정도의 관계를 맺을 기회가 주어졌다면? 그는 아마도 다른 무엇도 따지지 않고 오로지 그녀의 이 아름다움과 멋짐에 남은 인생 모두를 걸고 사내로서의 모든 열정을 쏟아붓기로 결심했을지도 모르겠다.

못 볼 꼴로 되지는 않은 모양이다

"당신……."

진초희가 말을 꺼내다 만다. 불쑥 '당신'이란 호칭을 뱉어놓고 스스로 어색해하는 모양새다.

"그사이에 무슨 일 있었나요?"

그녀가 다시 이어 묻는 말에 또한 어색하기는 마찬가지이지만 김강한이 짐짓 털털한 듯이 받는다.

"왜?"

그의 멋없는 반문에 그녀가 고개를 갸웃하며 말을 보탠다.

"얼굴이 좀 변한 것 같아서요."

그 말에는 김강한이 저도 모르게 움찔하고 만다. 사실 부분적이나마 '조상태화(化)'가 된 얼굴인 것이다.

"그런가? 요즘 일 때문에 잠을 제대로 못 잤더니 얼굴이 좀 부었나?"

김강한이 둘러대며 짐짓 피곤한 시늉으로 손바닥으로 얼굴을 비빈다. 그러면서 급하게 집중한다. 얼굴의 미세 근육을 묶고 있는 진기의 다발에 대해서다. 그러나 섣불리 건드릴 건 절대 아니다. 자칫 진기 다발이 얽히기라도 하면 못 볼 꼴을 보일 수도 있으니 말이다. 겨우 진기 다발 몇 개쯤을 풀어낸 다음 얼굴에서 손바닥을 떼며 힐끗 보니 그녀의 얼굴에 엷은 웃음기가 떠오르고 있다. 적어도 못 볼 꼴로 되지는 않은 모양이다.

처음부터 거쳤어야 할 과정들

"배 안 고파? 점심때가 넘은 것 같은데, 뭣 좀 먹으러 갈까?"

커피 잔이 거의 비었기에 김강한이 슬쩍 떠본다. 그런데 그녀가 문득 정색을 한다.

"그런데 저한테 왜 계속 반말을 하세요?"

그리고 보니 그렇다. 왜, 언제부터 그렇게 된 걸까?

"아니, 그거야 뭐……"

김강한이 당황하다가는 또,

"처음부터 그랬잖아? 처음부터 그렇게 해온 걸 이제 와서 뭐 어쩌겠어? 정 억울하면 그쪽도 반말하든가."

하고 짐짓 뻗대본다. 그러나 그녀는 자못 단호하다.

"전 싫어요. 그리고 까닭 없이 일방적으로 반말을 들을 만큼 작은 나이는 아니거든요? 잘못되었다면 지금이라도 바로잡는 게 옳은 것 아닌가요?"

그러나 김강한이 기왕 뻗대기로 작정을 한 다음이다.

"아니지. 그건 또 아니지. 잘못된 거였다면 처음부터 안 된다고 했어야지. 이미 실컷 할 만큼 했는데 이제 와서 다시 말을 높이라고? 난 그렇게는 못 해. 남자가 돼서 그렇게 줏대 없이 이랬다저랬다 할 수는 없지."

"남자라고요?"

"그럼 내가 남자지 남자가 아니란 거야?"

얘기가 그런 지경에까지 이르고 보자 그녀가 이윽고는 어이없다는 듯이 피식 실소하며 나직이 입속말로 중얼거린다.

"여기서 남자 타령이 왜 나온대?"

혼잣말이라고 하는 것이지만, 김강한에게도 다 들린다.

"뭐?"

김강한이 짐짓 버럭 하는 시늉이자 그녀는,

"아네요!"

하고는 시침을 뗀다. 그 모습이 귀엽다. 앙큼(?)하달까?

김강한은 문득 묘한 느낌에 젖는다. 생각해 보면 보통 남녀의 만남에서는 최종적으로 이루어질 단계를 그녀와 그는 첫 만남에서 치렀다. 그리고 이제야 다시 하나씩 하나씩 서로에 대해 알아가고 적응해 나가는, 맨 처음부터 거쳤어야 할 과정들을 거꾸로 다시 만들어 나가고 있는 건 아닐까?

당신은 나한테 뭘 줄 건데?

"좋아요. 당신 말이 옳다고 일단 인정하죠. 당신에겐 적어도 그럴 정도의 자격과 가치가 있다고 할 수 있으니까요."

진초희의 그 말은 설핏 어색하고도 낯설어서 김강한이 반문한다.

"자격과 가치?"

"단적으로 강함이죠."

그녀가 사뭇 분명한 투로 대답하고는 또렷한 시선으로 김강한을 바라보며 다시 말을 잇는다.

"전 강한 것을 좋아하지는 않아요. 그러나 절대적인 강함이라면 기꺼이 인정해 줄 수 있어요. 저의 저주받은 운명쯤 간단히 깨부숴 줄 수 있는 그런 절대적인 강함."

여전히 낯설어서 그녀에게 도무지 어울리지 않아 보이는 말이다. 그러나 그는 중산에게 들은 그녀의 내력과 사정에 비추어 지금 그녀가 하는 말의 의미를 대충이나마 짐작해 본다. 그리고 짐짓 덤덤한 듯이 묻는다.

"만약 내게 정말로 그런 절대적인 강함이 있어서 당신의 그 저주받았다는 운명을 깨부숴 주면 당신은 나한테 뭘 줄 건데? 시시하게 돈 같은 것 말고."

그녀의 눈빛이 문득 강해진다.

"저의 모든 것. 목숨까지."

더 이상 강렬할 수 없는 의미의 전달이다. 순간 김강한은 흠칫 얼굴을 굳히고 만다.

나도 그런 남자 아니다!

"잘래?"

불쑥 뱉어놓고 김강한은 곧바로 얼굴이 확 달아오르고 만다. 그도 모르게 불쑥 튀어나온 말이다. 정말이다. 아무 생각 없이 순간 떠오른 어떤 절실함이 여과시킬 틈도 없이 그대로 입 밖으로 튀어나온 것이다. 진초희의 얼굴에도 설핏 당황이 흐른다. 그러나 그녀는 이내 한 가닥 담담한 미소를 그려낸다.

"그러고 보니 우린 만날 때마다 그랬군요."

그러나 다음 순간 그녀의 미소가 차갑게 거두어진다.

"그렇지만 저, 그런 여자 아니에요."

이어 그녀는 차분하게 자리에서 일어선다.

또각또각!

멀어지는 그녀의 구두 소리가 날카로우리만치 선명하다.

서릿발처럼 냉랭한 그녀의 뒷모습을 잠시 바라보고 있다가 김강한은 뒤늦게 피식 실소하고는 나직이 중얼거린다.

"나도 그런 남자 아니다."

박투(搏鬪)

김강한이 커피값 계산을 하는 중에 문득 바깥이 소란스러워서 내다보니 갑작스러운 사달이 벌어지고 있다. 세 명의 사내가 진초희의 주변을 에워싸고는 가까운 도로변에 세워진

검은색 승합차 쪽으로 끌고 가는 중이다. 김강한이 곧장 카페의 문을 박차고 달려 나간다.

"멈춰!"

김강한의 고함에 사내들 중 둘이 그를 맞아 나오고 하나는 계속 진초희를 끌고 간다. 김강한이 손발을 쓸 겨를도 없이 곧장 육탄으로 사내들을 들이받아 버리고,

퍼억!

두 사내는 그대로 튕겨서 나가떨어지며 바닥을 뒹군다. 외단이 작동한 결과이다. 김강한이 속도를 줄이지 않은 채 두세 걸음 만에 진초희를 따라잡으며 그녀를 잡아끌고 있는 사내의 뒷덜미를 후려친다.

퍽!

"큭!"

사내가 짧은 비명을 토하며 옆으로 나동그라진다.

"괜찮아?"

김강한이 부축하며 묻고 나서야 진초희의 하얗게 질린 얼굴에 한 가닥 안도가 돌아오며 짧은 탄성을 뱉어낸다.

"아……!"

그때다. 예의 그 검은색 승합차의 문이 활짝 열리더니 먼저 몇 가닥의 번득이는 빛이 일렁이는 중에 대여섯 명의 사내가 우르르 쏟아져 내린다. 번득이는 빛은 그들이 들고 있는 일본도에서 뿜어지는 예기(銳氣)다.

"카페로 도망쳐!"

김강한이 급하게 진초희의 등을 밀며 외친다. 그러나 그녀가 강하게 도리질을 하며 그의 팔에 매달린다.

"싫어요!"

그런 그녀의 손이 덜덜 떨리고 있지만, 그는 매정하게 그녀의 손을 뿌리친다.

"빨리 가!"

다시금의 급한 외침에 그녀가 휘청거리며 힘겹게 걸음을 뗀다. 그러나 안쓰러운 모습에도 김강한이 그녀에게 시선을 주고 있을 여유는 없다. 어느 틈에 네 자루의 일본도가 섬뜩한 빛을 뿌리며 그를 베어들고 있다.

팟!

패앳!

시퍼런 칼날들이 섬광처럼 난무하는 중에 두어 가닥의 뜨거운 느낌이 그의 팔과 어깨를 베고 지나간다.

"윽!"

김강한이 화들짝 소스라치는데 그 찰나의 순간에 반사적이다시피 외단이 발동되고, 그럼으로써 칼날들은 그의 몸에서 미끄러져 나간다.

김강한이 급하게 당황을 수습하며 천공행결의 보결(步訣)을 밟아나간다. 그러자 그의 몸이 뱀이 미끄러져 가는 것처럼 기묘하게, 혹은 물살을 거스르는 물고기처럼 유연하게 칼날들 사이를 빠져나간다. 동시에 그는 짧은 펀치와 킥, 더하여 팔꿈치와 무릎, 어깨와 머리 등 온몸으로 사내들을 치고, 차고, 걸고, 잡아채고, 튕기고, 박치기를 한다. 십팔수(十八手)다. 사내들이 잇달아 나가떨어진다. 그리고 한번 쓰러진 자들은 쉽게 일어나지 못한다.

검은색 승합차 안에서 다시 두 명의 사내가 달려 나온다. 그중의 하나가 뭐라고 외치는데, 언뜻 듣기에 일본말 같다. 그러나 그 사내들은 조심스러운 움직임이고, 김강한에게 곧장 달려들 태세로는 보이지 않는다. 김강한도 굳이 싸움을 이어갈 의지는 없어서 뒤로 몇 걸음을 물러서 준다. 그 틈에 사내들은 쓰러져 있는 자들을 부축하고 끌고 재촉하면서 재빨리 승합차에 오른다. 그러곤 거친 엔진 소리를 내며 승합차가 사라진다.

부웅!

금강불괴의 진짜 본질

팔과 어깨에 난 상처는 김강한이 스스로 짐작한 것보다는, 그리고 재킷이 길게 베여 나풀거리는 것에 비해서는 막상 심하지 않다. 그저 살이 조금 베이고 피가 배어 나오는 정도에 그쳤다.

'금강불괴?'

불쑥 떠오른 생각이다.

스스로 생각하기에도 엉뚱하다 싶으면서도 생각은 한발을
더 나아간다.

'날카로운 일본도에 베이고도 기껏 이 정도의 가벼운 상처
에 그쳤다는 것은 혹시 정말로 금강불괴를 향해서 나아가고
있는 중인 것은 아닐까?'

"흐흐훗."

이윽고는 괜한 실소가 비쳐 나온다.

그러나 어쨌든 크게 다치지 않았다는 게 중요하리라.

따지고 보면 그런 것이야말로 금강불괴의 진짜 본질일 테니
말이다.

자신(自信)

김강한은 문득 자신이 생기는 느낌이다.

자신(自信)! 스스로의 능력에 대한 믿음.

곧 그가 방금 실행한 천공행결과 십팔수, 그리고 무엇보다
금강부동공에 대한 믿음이리라.

천공행결(天空行訣), 모든 형태의 걸음을 다 포함하고 있다는
보결(步訣)과 완성에 이르면 이윽고 천마(天馬)처럼 하늘을 가
로지를 수 있다는 행결(行訣).

십팔수(十八手), 극단적이리만큼 내공에만 치우친 금강부동

결의 내외(內外) 균형을 보완하기 위해 창안되었다는 아주 간단한 체조 형태의 기본 외공. 열여덟 가지 기본 초식에 불과하나, 그 응용 수법이 무궁무진하여 박투에서 가능한 모든 수법을 담고 있고, 외단의 공능과 연계가 되면서는 마침내 그 열여덟 가지의 수만으로도 가히 무적을 구가할 수 있을 거라는 수법.

금강부동공(金剛不動功), 내단이 천만 번 두드려지면서 이윽고 이를 수 있다는 완전한 금강신, 곧 금강불괴지신(金剛不壞之身). 그 금강불괴지신을 근원으로 외단이 무한히 확장하면 이윽고 이른다는, 그 어디에도 없고 또한 그 어디에도 있는 무궁지경(無窮之境). 그럼으로써 마침내 도달한다는 금강부동의 완성. 곧 마음이 일어 행하지 못할 것이 없게 되는 궁극의 경지.

물론 천마처럼 하늘을 가로지르고 가히 무적을 구가하며 금강불괴와 무궁지경에 궁극의 경지를 곧이곧대로 믿는 건 아니다. 그것들은 말 그대로 상상이요 허구에 불과할 뿐이다. 그러나 이미 실감하고 있는 효능과 위력만으로도 그는 이제 자신할 수 있게 되었다.

팔짱

"다쳤어요?"

진초희가 놀란 목소리로 묻는다. 재킷이 베어진 것을 본 모양이다. 그녀의 초롱초롱한 눈빛이 대번에 걱정으로 가득 찬다.

"어떻게 된 게 만날 때마다 꼭 무슨 일이 터지냐?"

김강한이 어색하기도 해서 던져본 말이다. 나무라고 탓하려는 건 결코 아닌데, 그녀의 얼굴빛이 곧장 무거워진다. 그가 설핏 당혹스럽다. 그러나 기왕 뱉은 말인데 어쩌겠는가? 그냥 뭉개는 수밖에.

"걸을 수 있겠어? 차 가지고 오라고 할까?"

그녀의 입꼬리가 살짝 비틀린다. 샐쭉한 표정이다. 그러나 나쁜 징조로는 보이지 않으니 그녀 또한 인상이나 한번 쓰는 것으로 가볍게 넘기려는 모양이다. 과연 그녀는 이내 엷은 미소를 떠올리고 있다.

"당신만 괜찮다면 우리 그냥 좀 걸을래요?"

그녀의 말에 김강한이 짐짓 하늘을 올려다본다. 하늘이 흐리다. 거리도 다니는 사람이 별로 없어 스산하기까지 하다. 더욱이 방금 그 난리를 당하고도 그래도 또 걷고 싶을까? 그가 슬쩍 토를 단다.

"비 오겠는데?"

실없이 들렸을까? 그녀가 가볍게 실소하며 받는다.

"비 오면 그냥 비 맞아요."

'쩝!'

김강한이 내심 입맛을 다실 때다.

'응?'

왼팔과 옆구리 사이가 따뜻해져 온다. 그녀가 팔짱을 낀 것이다. 김강한이 멈칫했다가는 가만히 그녀의 팔짱 낀 손을 풀어낸다. 순간 그녀가 머쓱한 표정이 되고 말 때다. 그가 다시 그녀의 손을 잡아서는 그의 재킷 주머니 안으로 이끈다. 그녀는 손의 힘을 빼고 그가 하자는 대로 순순히 따른다.

그는 짐짓 어깨에 힘을 주고 허리를 꼿꼿하게 세운다. 그리고 느긋한 걸음으로 걷기 시작한다. 주머니 속 그녀의 손은 부드럽고 따뜻하다. 하늘이 다시 밝아져 보인다. 거리도 다시 활기차 보인다.

이 남자라면

진초희는 입가에 한 가닥 미소를 그리고 만다.

문득 생각이 나서이다.

'그럼 내가 남자지, 남자가 아니란 거야?'

김강한이 한 남자 타령이다.

그녀의 미소가 슬그머니 짙어진다.

따뜻하다.

포근하다.

이 남자라면 그냥 모든 걸 맡긴 채 함께해도 좋을 것 같다.

만약 저들이 없었더라면

　호텔로 돌아온 진초희에게서 대강의 얘기를 들은 중산은 그녀를 습격한 사내들이 나카야마카이의 야쿠자일 거라고 단정한다. 그리고 그들의 행동이 일단 시작된 이상, 곧 본격적인 공격이 다시 있을 거라고 한다.

　그러나 김강한은 귀에 담지 않는다. 지금 그의 신경은 온통 다른 데에 집중되어 있다. 부드러운 손길. 진초희의 손길이다.

　그의 팔과 어깨에 난 상처는 이제쯤 겨우 긁힌 정도로만 남았다. 그런데도 그녀는 그냥 두어서는 안 된다고, 치료를 해야만 한다고 우긴다. 그 때문에 중산이 로비까지 내려가 응급약통을 구해 왔다. 그가 마지못해 소독약이나 바르고 말려는데, 그녀는 덧나지 않으려면 연고까지 발라야 한다고, 또 굳이 직접 발라주겠다고 고집(?)을 피운다.

　간지럽다. 그녀의 손길이 닿는 부분마다 새롭게 피부가 재생되는 느낌이다.

　'이런……!'

　그는 갑자기 당황스러워지고 만다. 생각이 또 이상한 쪽으로 달려가고 있다. 만약 쌍피와 중산이 없었더라면 그는 또 불쑥 그녀에게 물어봤을지도 모르겠다.

　'잘래?'

도둑질하다 들킨 사람처럼!

"정 있을 데가 마땅찮으면 당분간 내 오피스텔에 와 있어도 돼."

당장 거처를 옮길 채비 중인 중산에게 김강한이 슬쩍 던진 말이다. 순간 중산의 눈빛이 사뭇 묘하게 변한 건 다만 김강한이 그렇게 보아서일까?

김강한이 괜스레 멋쩍어지고 만다. 남들이야 어떻게 생각하건 말건 그런 건 전혀 신경 쓰지 않는다. 다만 그 스스로의 마음속으로 자꾸만 이상한 생각이 치고 들어오는 데 대해서는 어쩔 수 없이 당혹스러워지고 만다. 이쯤 되면 아주 병이다 싶다. 그녀와 관련해서 조금만 그럴 법한 상황이 되면 곧장 이상한(?) 쪽으로 자동 연결이 되고 마니 말이다.

"그러니까 내 말은… 내가 다른 데로 옮기면 되니까 당분간 와 있으려면 그렇게 하라는 거지."

김강한이 슬쩍 말을 보태는데, 진초희가 가만히 고개를 가로젓는다.

"말씀은 고맙지만, 공연한 폐를 끼칠 수는 없어요."

그러자 두 사람의 눈치를 보고 있던 중산이 재빨리 끼어든다.

"사실 거처를 어디로 옮기든 저들의 시야에서 벗어나기는 어려울 겁니다."

"그럼 어떻게 하겠다는 거야?"

김강한이 괜스레 타박 조로 되는데, 중산은 진중하다.

"대표님 말씀이 맞습니다."

'응?'

"지금으로선 대표님께서 아가씨와 함께 계셔주는 것보다
더 나은 대책은 없습니다."

"그 말은… 뭐야? 나보고… 아예 한 집에서 같이 지내기라
도 해달라는 거야?"

김강한이 짐짓 버럭 하면서도 슬쩍 진초희의 눈치를 보게
된다. 그런데 진초희도 마침 그를 보고 있는 중이다.

찌릿!

미치겠다. 머릿속으로 또다시 이상한 생각이 확 치고 든다.
그는 화들짝 시선을 피하고 만다. 도둑질하다 들킨 사람처럼.

내 여잡니다! 됐습니까?

"조 대표, 그렇게 위험한 일에 왜 군이 개입하려고 하시오?"

묻는 이철진의 표정이 사뭇 무겁다. 아마도 쌍피에게서 진
초희에 관한 대강의 얘기를 들은 것이리라. 그녀가 나카야마
카이라는 거대 야쿠자 조직에게 위협을 받고 있다는 것에 관
한 얘기며, 또 김강한이 자신의 오피스텔에 진초희를 들여서

함께 지내게 되었다는 것에 이르기까지의 사정에 대해. 그리고 그런 전제하에서 이철진의 표정이 무거울 수밖에 없겠다는 것은 김강한으로서도 충분히 이해가 되는 바이다.

"우선 물어봅시다. 진초희라는 그 아가씨는 조 대표와 대체 무슨 관계요?"

이철진이 다시 묻는다. 그런데 그 소리에는 김강한이 지레 슬쩍 비틀리는 심정이 된다.

"이건 어디까지나 내 개인적인 문제인데, 이 고문께서 그런 것까지 알 필요는 없지 않겠습니까?"

그러나 이철진은 여전히 담담한 투로 받는다.

"아니오. 나도 알아야 할 필요가 있소. 상대가 나카야마카이라면 절대 조 대표 혼자만의 일로 치부할 성격이 아니기 때문이오. 자칫 우리 서해 개발 전체가 큰 위험에 직면할 수 있는 아주 중대한 문제란 얘기요. 그러니 적어도 왜 그런 위험을 감수해야만 하는지, 그럴 만한 가치가 충분히 있는지 하는 정도는 서해 개발의 일원으로서 나도 의당히 알아야 하는 것 아니겠소?"

이철진이 그렇게 나오는 데 대해서는 김강한이 당장의 말문이 막히지만, 내심의 불만과 못마땅함마저 없지는 않다.

'제기랄!'

애초에 그가 서해 개발 대표 노릇을 하겠다고 자원한 것도 아니지 않은가? 오히려 이철진의 간곡한 부탁에 마지못해 맡

은 것이 아닌가? 그런데 걸핏하면 대표로서 어떻게 처신해야
만 한다는 둥의 말로 은근히 간섭을 일삼더니 이제는 또 서해
개발 전체가 큰 위험에 직면하느니 어쩌느니 하면서 사람을
옭아매려 하고 있다. 도대체 마땅치가 않다. 그런 때문이었으
리라. 그가 스스로 생각지도 않은 말을 불쑥 내뱉고 만 것은.

"내 여잡니다! 됐습니까?"

진짜로 못 견딜 노릇

하루 종일 오피스텔에만 틀어박혀 있기란 여간 답답한 노
릇이 아니다. 그리고 그것이 원해서 하는 짓이 아니라면 더욱
이 못 견딜 노릇이다.

그러나 김강한에게 진짜로 못 견딜 노릇은 정작 따로 있다.

중산과 쌍피는 특별한 일이 없으면 오피스텔 안으로는 들어
오지 않는다. 그런 까닭에 그와 그녀 둘이서만 좁은 공간 내
에서 종일 함께 지내는 중이다.

그러다 보니 또 그놈의 '이상한 생각'이 시도 때도 없이 그
를 괴롭히는 것이다.

아아, 그 노릇이란 정말로 견디기가 어렵다.

출근

"너무 오피스텔에만 있기는 답답할 텐데, 낮 동안은 사무실로 같이 출근을 해보는 건 어떻겠소?"

이철진이 제안한다.

혹시 그의 비밀스러운 괴로움을 눈치채기라도 한 것일까? 설마 그럴 리는 없겠지만, 어쨌거나 김강한으로서는 그나마 숨통이 트이게 되었다.

김강한과 진초희, 그리고 중산과 쌍피까지 모두 서해 개발 사무실로 출근한다. 그런데 진초희와 중산은 출근 첫날부터 나름대로의 일을 찾아서 하는 등 곧잘 적응하는 모습이다. 물론 서해 개발의 업무는 아니고 무언지 모를 그들끼리의 일이다.

이철진이야 아주 가끔 나와서 잠깐 둘러보고 가는 게 전부이고, 쌍피야 또 본래부터 있는 듯 없는 듯해서 일부러 찾지 않으면 존재감이 거의 없다.

결국 사무실에서 심심한 건 김강한뿐이다. 그에게 오피스텔이나 사무실이나 답답하고 재미없는 건 크게 다를 바가 없다.

제2장

—

생사의 경계

보다 확실한 대안이 필요하다

최도준은 자신의 주변에 붙은 보이지 않는 감시의 시선을 느낀다. 필시 그자들이리라. 동판을 쫓는 자들.

이런저런 방법을 동원해 봤지만 감시자들의 꼬리조차 잡지 못하고 있다는 데서 그는 위협의 가중을 느끼지 않을 수 없다.

그의 신변 보호를 위해 국제파에서 인원을 증원했다지만, 벌써부터 이런저런 제약과 번거로움이 생기고 있는 판에 언제까지 조폭들을 경호원으로 달고 지낼 수도 없는 노릇이다.

더욱이 기껏 그들 조폭 정도로는 수십 명이 아니라 수백 명을 달고 다닌다 해도 그처럼 놀라운 능력을 지닌 저들이 본격적으로 행동을 취해올 경우 과연 그를 지켜줄 수 있으리라는 믿음을 가지기도 어렵다.

뭔가 보다 확실한 대안이 필요하다. 그 자신을 지키기 위한.

누구도 그처럼 강력하지는 못했다

최도준이 우선 떠올린 건 아이러니하게도 조상태다.

그날 그처럼 놀라운 괴력의 사내를 간단히 제압해 버린 그의 더욱 놀라운 능력, 그리고 그 자신만만하던 여유.

지금껏 그가 보아온 사람들 중에서 어느 누구도 그처럼 강력하지는 못했다.

'어떻게 하면 그차를 내 편으로 끌어당길 수 있을까? 어떻게 하면 내 보호막으로 쓸 수 있을까?'

재력과 권력으로 압박을 가해볼 수도 있겠지만, 그가 판단하는 바로 조상태가 그런 것에 쉽게 굴할 것으로는 보이지 않는다.

그 무엇에도 꺾이지 않을 오만함과 더하여 누르면 곧바로 튀어 오를 반골의 기질을 지닌 자다.

뜻밖의 일

최도준은 계속 조상태의 주변을 살피고 있는 중이다. 혹시 쓸 만한 카드라도 건질 수 있을까 해서이다. 조상태를 그의 편으로 끌어당기거나, 혹은 전략적으로라도 활용하는 데 유용할 카드 말이다.

그러던 중에 최도준은 흥미로운 사실 하나를 알게 된다. 국제파를 통해서다. 일본에서 야쿠자들이 대거 국내로 들어왔다는데, 나카야마카이라는 거대 조직의 조직원들이라고 한다. 그런 일 자체야 그쪽 바닥에서나 흥미를 가질 일이겠지만, 다만 그가 흥미롭다는 것은 그 야쿠자들과 조상태가 뜻밖의 일로 얽혀 있다는 사실에 대해서다.

그런데 그 뜻밖의 일이라는 건 다시 그에게 흥미를 넘어 사뭇 격한 흥분까지를 불러일으킨다. 바로 나카야마카이의 야쿠자들이 노리고 있다는 인물에 대해서다. 여자다. 그것도 그가 아주 잘 알고 있는 여자.

진초희다. 그가 그토록 찾아 헤매던 바로 그 진초희 말이다. 그녀가 지금 조상태의 보호를 받고 있다는 것이다.

애증(愛憎), 그러나 증오의 유보

최도준은 진초희를 그의 첫 번째의 여자로 정의한다. 물론 그녀를 만나기 전까지 수많은 여자를 겪었다. 그러나 모두가 하룻밤 유희의 대상에 지나지 않았는데, 진초희에게서야 처음으로 유희가 아닌 애착을, 나아가 언제까지고 그의 곁에다 붙

잡아두고 싶다는 집착을 가지게 된 까닭이다.

그러나 그녀는 그에게 애증(愛憎)의 대상이다. 애정과 증오. 소유하고 싶으면서도 한편으로 증오가 생긴달까?

두 번씩이나 그의 아주 특별한 약에 당하고도 그녀가 여전히 멀쩡하게 살아 있다는 사실은 그녀가 이미 그 아닌 다른 남자의 품에 안겼다는 것을 의미한다. 그녀가 한편으로 증오의 대상이 되기도 하는 것은 오로지 그 이유 때문이다. 그가 애착을 갖는 여자라면 마땅히 순결해야만 하니 말이다.

그러나 그는 증오를 잠시 유보해 두기로 한다. 예외 없는 법칙은 없다고 하지 않는가? 아무리 분명해 보이는 사실일지라도 예외가 있을 수는 있는 것이다. 그것은 곧 한 가닥의 기대이기도 하다. 하필 그날 어떤 특별하고도 예외적인 상황이 발생해서 그녀가 여전히 순결을 유지하고 있기를 바라는 희박한 기대. 그런 예외와 기대에 대해서 그는 지금 또 다른 집착을 만들어가고 있는 중이다.

목표로 해야 마땅할 건

이철진은 나카야마카이와 국제파 간에 오래전부터 교류가 있어왔다는 정보를 확보하고 국제파와 연결된 정보망을 풀가동하고 있는 중이다. 그러나 나카야마카이의 국내 동향을 파악하기란 쉽지가 않다. 나카야마카이 측에서 보안에 상당히 신경을 쓰고 있거나, 혹은 그들이 국제파로부터 기본적인 협조를 받는 이외에는 의도적으로 독자적인 행동을 하고 있는 걸로 보인다는 분석이다.

요 며칠 사이에 사무실 주변의 수상한 낌새에 대해 몇 차례의 보고가 올라오고 있다. 그런 데 대해 김강한이 겉으로야 시큰둥하게 넘기지만, 그 역시도 사무실 주변에 일고 있는 묘한 긴장감을 피부로 느끼고 있는 중이다.

다만 그 긴장감의 실체가 나카야마카이가 아닌, 동판을 쫓는 자들과 관련된 것일 가능성을 점쳐보기도 한다. 그들이 원래는 최도준을 목표로 하였으나, 지난번 악연을 맺은 바가 있으니만큼 그와도 적대적으로 되었을 여지는 충분하다고 해야 할 것이니 말이다.

혹은 그가 지레 경계감을 가지는 것일 수도 있다. 그자들이 결국 노리는 것이 천락비결 등의 요결이라면 목표로 해야 마땅할 건 최도준이 아니라 정작 요결들을 제대로 이해하고 실제로 운용까지 하고 있는 그가 되어야 할 것이라는 점에서 말이다. 물론 그자들로서야 알 도리가 없는 노릇이겠지만.

나와 함께라면… 이라고?

"아무래도 분위기가 좀 심상치 않게 흐르는 것 같은데, 일단 초희 씨를 다른 곳으로 피신시킬 방도를 강구하는 게 좋을 것 같소."

이철진의 전화다. 그런데 이철진 정도의 간담과 또 그 간담을 너끈히 감당할 능력을 두루 가진 이가 그런 정도로 말을 한다면 지금의 상황이 사뭇 험한 모양새로 변해가고 있다는 것이리라.

'이럴 줄 알았으면 처음부터 그녀를 어디 멀리로 피신시켜야 했던 것 아닐까?'

김강한이 자책까지 가져보게 되는데, 그러나 진초희는 정작 대범해 보인다.

"전 더 이상 도망치지 않겠어요. 이미 노출되었고 더욱이 주목받고 있는 상황이라면 다른 곳으로 피신한다고 해서 지금보다 안전하다는 보장도 없잖아요? 그럴 바엔 차라리 그들과 맞서는 쪽을 택하겠어요."

그녀의 말에는 김강한이 설핏 미간을 좁히고 만다. 틀린 말은 아니지만, 그 대범함 속에서 강경함이랄까, 혹은 지금의 상황에 조금도 도움이 되지 않을 고집까지 비치는 듯해서다. 그런데 그때다. 그녀가 다시 나직한 소리로 말을 보태고 있다.

"당신과 함께라면요……."

바로 곁에 있는 그에게도 들릴락 말락 한 작은 소리다. 그러나 순간 그는 필이 팍 꽂혀 버리고 만다.

'나와 함께라면… 이라고?'

입꼬리로 슬그머니 번지려는 웃음기를 그가 애써 추스른다.

그녀다!

　최도준이 서해 개발 사무실로 들어선다. 사무실의 분위기는 지난번과 사뭇 달라진 듯하다.

　조상태와 그의 수행 비서가 보이고 이철진은 없다. 그리고 지난번에는 보지 못한 얼굴이 둘 더 있다. 실무 직원들인가 했는데 언뜻 그중 하나의 얼굴을 확인하는 순간 최도준의 가슴은 대번에 두방망이질 치기 시작한다.

　'그녀다!'

　진초희의 시선이 잠깐 그에게로 향했다가는 이내 거두어진다. 그녀로서는 그의 얼굴을 모를 테니 무덤덤할 수밖에. 그렇더라도 최도준의 가슴속 흥분은 터질 듯이 증폭되며 마구 소용돌이친다.

　최도준의 그 같은 흥분을 짐작해 보는 건 오히려 김강한이다. 물론 최도준으로서는 김강한이 자신의 내밀한 속내까지 들여다보리라고는 전혀 상상조차도 못 하는 것이지만.

상부상조(相扶相助)

　"당신이 여긴 왜 또 와?"

　김강한의 말이 대뜸 짧다. 그런 데 대해 어떻게 반응해야 할지 최도준은 잠시 갈등한다. 지난번 만남에서도 우호적이지는 않았고, 또 기왕에 서로 반말을 주고받은 터이긴 하다. 그러나 어쨌든 현 상황에 수긍하기로 한 바이니 어느 정도쯤 숙이고 들어가야 하는 건 감수하는 수밖에 없으리라. 그리고 조 상태에 대해서야 원체가 무례하고 제멋대로인 인간으로 치부해 놓은 다음이 아닌가?

"조 대표에게 한 가지 제안을 할 게 있어서 왔소."

최도준의 어정쩡하더라도 어쨌든 존대에는 김강한이 오히려 머쓱해진다. 그러나 이미 반말에다가 타박까지 준 터에 되돌려서 격식을 갖추고 싶지는 않다.

"제안? 난 그런 거 별 흥미 없는데?"

김강한이 다시금 시큰둥하게 받는 것을 무시하고 최도준이 말을 이어간다.

"일본 야쿠자 조직인 나카야마카이와 문제가 좀 있다고 들었소. 혹시 그쪽과의 중재가 필요하다면 내가 어느 정도까지는 도움을 줄 수도 있을 것 같소만……?"

뜻밖의 말이다. 김강한이 설핏 염두를 굴려보는 중인데,

"어떤 도움을 어떻게 줄 수 있다는 건가요?"

불쑥 끼어든 것은 진초희다. 김강한이 가볍게 인상을 찡그리지만 일단은 지켜보기로 한다.

"나카야마카이는 국내 조폭인 국제파와 상호 교류 관계에 있죠. 그래서 나카야마카이의 상당수 인원이 국내로 들어와

있는 지금도 숙소라든가 이동 등에서 국제파가 제반의 지원을 하고 있는 중이고요. 그런데 국제파는 저와도 상당한 친분이 있고 나아가 어느 정도까지는 컨트롤이 가능한 부분도 있으니 나카야마카이에 대해서도 제가 일정 부분 역할을 할 수 있으리라는 겁니다."

진초희를 대하는 최도준의 눈빛에 묘한 웃음기가 감돈다.

"그런데 단지 우리에게 도움을 주기 위해서 일부러 여기까지 찾아온 건 아닌 것 같은데요?"

그녀가 차분하고 담담할뿐더러 설핏 차갑고 냉정한 느낌까지도 비치고 있다는 데 대해 김강한은 문득 숨겨져 있던 그녀의 또 다른 일면을 보는 듯하다.

'야쿠자 보스의 딸이라더니……'

김강한이 언뜻 그런 생각까지를 해보는 중에 최도준이 말을 받고 있다.

"사실은 그렇습니다. 만약 제가 도움을 줄 수 있다면 저 역시도 상응한 만큼의 도움을 받고 싶은 부분이 있습니다. 이를테면 상부상조(相扶相助)를 원한다고 할까요?"

그 대목에서 최도준의 시선은 다시 김강한에게로 향한다.

"간단히 말하겠소. 지난번 그자들 말이오."

"그자들?"

김강한이 짐짓 시큰둥하게 반문한다. 그러나 최도준이 누구를 말하는 건지는 분명하다. 바로 동판을 쫓는 자들일 것이다. 최도준이 다시 말을 이어간다.

"지난번에 여기서 본 그 괴물 같은 자들 말이오. 최근 내 주변에서 그자들과 한패로 보이는 자들이 다시 포착되고 있소. 그에 대응해서 나름대로 경호를 강화하고는 있지만, 솔직히 말하자면 불안을 떨치기가 어려운 형편이오. 워낙에 괴상하리만치 특이한 능력을 지닌 자들이라 한순간에 기습이라도 가해온다면 지금의 내 경호 팀으로는 도저히 막아내지 못할 것 같아서 말이오. 그래서 생각 끝에 조 대표에게 한번 도움을 요청해 보려는 거요."

"그러니까, 뭐야? 지금 나더러 당신 경호원 노릇을 해달라, 뭐 그런 얘기야?"

김강한이 설핏 인상을 구기고 만다. 한편으로는 좀 웃긴 상황이기도 하다. 최도준이 그에게 도움을 청하고, 또 그가 최도준의 신변을 보호하는 상황을 상상하는 것만으로도 말이다. 최도준이 희미하게 미소를 떠올리고 있다.

"경호원까지는 아니더라도 내가 도움을 요청할 때만이라도 나를 보호해 주는 방식은 안 되겠소?"

이건 숫제 뻔뻔하다. 김강한이 이윽고는 표정을 굳히고 말 때다.

부르르!

휴대폰이 진동하는 소리가 난다. 최도준에게서다. 그가 휴대폰을 꺼내 들며 슬쩍 한쪽 옆으로 몸을 빼는데, 그럼으로써 그는 김강한의 차가운 기세까지도 피해 나간다.

이이제이(以夷制夷)와 양패구상(兩敗俱傷)

[사무실 주변에 수상한 자들의 동향이 감지되고 있음. 나카야마카이 쪽은 곧 도착 예정임.]

휴대폰 메시지는 국제파에서 보내 온 것이다. 최도준은 득의의 미소를 애써 누른다.

이이제이(以夷制夷)!

그가 도모하는 바다. 즉 그 자신을 미끼로 던져 동판을 쫓는 자들을 이곳으로 끌어들이고, 동시에 진초희를 노리는 나카야마카이를 또한 불러들여서 서로 충돌시키고자 하는 것이다.

그럼으로써 동판을 쫓는 자들을 일거에 제거할 수 있다면 최상의 결과일 테고, 최소한 그들을 밝은 곳으로 끌어냄으로써 앞으로는 보다 용이하게 상대할 수 있게 되기를 기대해 볼 수는 있으리라.

그에게는 부가적인 목표가 한 가지 더 있다. 아니, 그것이야말로 오히려 주(主) 목표일지도 모르겠다. 바로 진초희다.

양패구상(兩敗俱傷)! 이이제이의 결과로 나카야마카이가 또한 심각한 타격을 받는다면 그는 그녀를 나카야마카이의 위협으로부터 구해줬다는 명분을 세워볼 요량이다.

'그것으로 그녀와의 관계를 새롭게 시작해 보리라!'

지금까지의 혼탁하던 욕망과 집착에서 벗어나 정작으로 그가 갈망해 온 가장 순수하고도 이상적인 관계로 새로 시작되기를 꿈꿔보는 것이다. 물론 그녀에 대해 유보해 두고 있는 중오가 깔끔하게 해소된다는 전제가 먼저이다.

어쨌거나 지금은 나카야마카이 쪽이 도착할 때까지 조금 더 시간을 끌어야만 한다.

저 여자, 내 여자야!

"실례가 안 된다면 조 대표와는 혹시 어떤 관계이신지 물어봐도 되겠습니까?"

최도준이 불쑥 진초희에게 묻고 있다. 그 느닷없음과 더욱이 엉뚱한 쪽으로의 화제 전환에 대해서는 내내 차분한 모습이던 진초희도 설핏 당황한 기색이 되고 만다.

"당신이 그런 게 왜 궁금해? 신경 꺼!"

김강한이 굳히고 있던 기색 그대로 차갑게 쏘아준다.

"아, 나는 그냥… 두 분이 혹시 어떤 친밀한 관계에 있는 것이라면 미리 알아두어야 혹시라도 결례를 범하지 않을 것 같아서……"

"우리, 친밀한 관계 맞아!"

김강한이 간단하게 최도준의 말을 잘라 버리고는 이어 눈짓으로 진초희를 가리키며 덤덤히 덧붙인다.

"저 여자, 내 여자야!"

김강한의 그 말에는 사무실 내의 모두가 일시에 얼어붙어
버리는 모양새다. 그러나 막상 김강한은 덤덤하다. 고기도 먹
어본 놈이 잘 먹고 도둑질도 처음이 힘들지 한번 하고 나면
쉽다고 하지 않던가? 그가 일전에 마찬가지로 진초희와의 관
계를 묻는 이철진에게 내 여자라고 분명하게 대답해 준 적이
있고, 그런 만큼 내 여자 소리가 처음은 아닌 것이다. 물론 그
때는 그 역시도 아주 온몸이 오그라드는 경험을 한 바 있지
만.

이(二) 만리장성

모두의 시선이 쏠린 중에 진초희의 얼굴이 발갛게 물들어
있다.

그러나 그녀는 아무런 해명도 하지 않는데, 그것이 최소한
펄쩍 뛰거나 적극적으로 부인하는 건 아니라는 점에서 김강
한은 별 불만이 없다.

사실 그가 그녀를 '내 여자'라고 하는 것이 아주 근거 없는
헛소리도 아니지 않는가?

그와 그녀는 만리장성을 쌓은 사이다. 그것도 한 번도 아니
고 두 번씩이나.

자그마치 이(二) 만리장성을 쌓은 사이이지 않은가?

광기(狂氣)의 증오

"내 여자야!"

조상태의 그 분명한 선언에 진초희에 대해 마지막까지 가지고 있던 최도준의 기대는 산산이 부서져 내리고 만다.

결국은 그렇게 된 것이다. 특별한 예외는 없던 것이다. 그날 밤 진초희가 약에 당하고도 별 탈이 없었던 것은 결국 다른 놈의 품에 안긴 때문인 것이다.

최도준의 가슴속에서 이윽고 맹렬한 불덩어리 하나가 피어오른다. 증오다. 오래 유보해 둔 만큼 더욱 맹렬하게 폭발하는 증오다. 결코 이성으로는 설명할 수 없는, 그럼으로써 그 스스로도 어찌할 수가 없는, 도저히 제어할 수 없는 광기(狂氣)의 증오다.

'조상태 네놈이 감히 내가 점찍은 여자를, 내 인생 최고의 점수를 준 여자를 감히 먼저 건드리다니! 죽여주마! 내가 가진 모든 걸 다 쏟아부어서라도, 수단과 방법을 가리지 않고 반드시 죽여주마! 그리고 진초희 너도 죽는다! 내게 선택을 받고도 너 자신을 지켜내지 못한·죄다! 그러나 너는 간단히 죽을 수 없다! 먼저 네 오염된 몸뚱이를 깨끗하게 정화시키고 난 다음, 내 앞에 무릎 꿇고 용서해 달라고 처절하게 울부짖

으며 죽어가게 만들어주리라!'

생생하게 지켜보리라!

[나카야마카이 도착! 곧 그곳을 덮칠 것 같으니 즉시 빠져나오기 바람!]

다시 국제파로부터의 메시지다.

최도준은 가만히 숨을 들이켠다.

계획대로라면 이제 그가 몸을 빼야 하는 시점이다. 이곳이 아수라장으로 변하기 전에.

그러나 그는 생각을 바꾼다. 이곳에 남는 것으로.

'지켜보리라!'

저들이 서로를 죽이고 죽는 현장을, 비명을 지르고 피를 흘리는 처절한 광경을 그의 두 눈으로 생생하게 지켜볼 작정이다.

와중에 그 또한 살벌한 위험에 노출되겠지만 기꺼이 감수하리라는 각오다.

아니, 맹렬한 증오다.

총격(銃擊)

깔끔한 정장 차림의 사내 하나가 사무실 안으로 들어서더니 그 뒤로 다시 풍성한 점퍼 차림의 사내 셋이 따라 들어선다. 그리고 그들은 사뭇 태연하게 다시 문을 닫더니 그 앞을 가로막듯이 나란히 버티고 선다.

그들 중 정장 차림 사내가 무표정하게 실내를 훑더니 곧장 진초희가 있는 쪽을 향해 성큼성큼 걸어간다. 쌍피가 재빨리 사내를 맞아나갈 때다. 사내의 손이 허리춤 쪽으로 들어갔다 나오며 불쑥 앞을 겨눈다. 권총이다. 순간 쌍피가 멈칫하지만, 곧바로 우뚝 버티고 서며 가슴을 편다. 쏠 테면 쏘아보라는 배짱이리라. 사내의 무표정한 얼굴에서 순간 희미한 웃음기가 번진다.

'살기다!'

김강한이 직감하고는 반사적으로 외단을 발동시킨다. 그러나 미처 예상하지 못하고 있던 탓에 찰나만큼 늦다 싶은데, 쌍피가 바닥으로 몸을 던지고 있다. 동시에 그에게서 무언가 반짝이는 것이 사내를 향해 날아간다.

탕! 탕!

잇달아 두 발의 총성이 울리는 중에,

"윽!"

나지막한 신음과 함께 정장 차림 사내가 권총을 떨어뜨리며 바닥으로 주저앉는다. 두 손으로 감싸 쥔 사내의 얼굴에서 붉은 피가 솟구치는데, 손가락 사이로 얼굴에 박힌 금속성의 물체가 삐죽이 튀어나와 있다. 바로 쌍피의 손칼이다.

쌍피가 재빨리 몸을 튕겨 일으킨다. 그런데 그 움직임이 불안정하다. 그리고 보니 그의 오른쪽 허벅지 부근이 벌겋게 젖어들고 있다. 총상을 입은 모양이라 김강한이 달려가려 할 때다. 여전히 문 앞에 버티고 선 점퍼 차림 사내들이 점퍼 안에 숨기고 있던 뭔가를 일제히 꺼내 든다. 순간 중산이 다급하게 외친다.

"기관단총이다! 피해!"

그 소리에 김강한이 외단을 폭발시키듯이 확장시키는 동시에 그 일부를 쌍피 쪽으로 보낸다. 쌍피의 몸이 누가 거칠게 밀치기라도 한 것처럼 휘청 한옆으로 밀려 나간다. 그 여력을 빌려 쌍피가 다시 바닥으로 몸을 굴려 책상 뒤쪽으로 몸을 숨기는 중에,

타타, 탕!

타타타, 탕!

기관단총이 일제히 난사된다. 그 요란한 소음에 김강한은 순간 머릿속이 하얘진다. 반사적으로 반응은 했을지언정 지금 이게 도대체 무슨 상황인지 그는 아직 제대로 실감을 하지 못하고 있는 중이다.

이제야 갈 수 있으리라!

그를 보고 있는 멍한 시선 하나와 마주치고 나서야 김강한

은 화들짝 정신을 차린다. 진초희다. 그녀가 그를 보고 있는데, 공포에 질려 차라리 멍해 있는 중이다.

그런 그녀의 뒤쪽으로 밀실의 문이 열려 있다. 그리고 최도준이 밀실 안으로 한 발을 들인 채로 그녀를 향해 어서 오라고 다급하게 손짓하고 있다. 그러나 그 역시도 공포에 질려 감히 소리를 지르지는 못하고 손짓만 다급하다.

순간 김강한은 몸을 날린다. 어떻게 해보겠다는 계산은 없다. 단지 그녀가 위험하다는, 그녀를 밀실 안으로 들어가게 해야 한다는 생각뿐이다.

그녀가 곧장 김강한의 품으로 안겨든다. 그리고 두 팔로 그의 허리를 휘감는데, 절박한 공포 때문인지 그 힘이 우악스럽다. 그가 그녀를 안아 들며 재빨리 밀실 안으로 밀어 넣는다. 그리고 허리를 감고 있는 그녀의 팔을 풀어내려 하는데,

"안 돼요! 싫어요!"

덜덜 떨리는 목소리로 그녀가 도리질을 친다. 그러곤 더욱 악착스레 매달린다. 그때다.

타타, 탕!

타타타, 탕!

다시 기관단총이 난사된다. 반사적으로 김강한이 외단을 최대한 응축시키는데, 순간 뭔가가 화끈하게 그의 등짝과 어깨 어림을 치고 지나간다. 그리고 다시,

타타타, 탕!

타타타, 타타, 탕!

무차별적인 총격이 이어진다. 김강한은 진초희를 품속으로 바짝 끌어당기며 자신의 온몸으로 그녀를 감싼다. 그러는 중에 그의 몸 곳곳으로는 화끈한 불 꼬챙이들이 파고든다. 엄청난 충격이 온몸으로 번지며 정신이 아득해지는 중에도 그는 온 힘을 다해 밀실 안으로 한 걸음을 들여놓는다. 그리고 억지로 그녀를 떼어내서는 힘껏 안으로 밀어 넣는다. 이어 다시 뒤로 한 걸음 밀실 밖으로 나와 문틀을 잡고 버텨 선 그가 다급하게 외친다.

"뭐 하고 있어? 빨리 문 닫아!"

그 말에 잔뜩 얼어붙어 있던 최도준이 화들짝 진저리를 치며 황급히 작동 스위치를 누른다.

스르륵!

밀실의 두꺼운 문이 닫힌다.

"안 돼! 당신도 들어와요!"

진초희가 울부짖으며 달려오려는 것을 최도준이 온몸으로 붙잡아 말린다.

타타타, 탕!

이어지는 총격 속에 이윽고 밀실의 문이 완전히 닫히고 그녀의 울부짖음 소리가 희미해진다. 김강한이 더는 버티지 못하고 바닥으로 무너진다. 온몸의 기력이 모조리 빠져나간 것 같다. 의식마저 가물거린다. 아무래도 출혈이 심한 것 같다.

아득한 중에 문득,

'이렇게 죽는 건가?'

하는 생각이 든다. 공포는 아니다. 비애 또한 아니다. 차라리 한 가닥 안식이 느껴진다. 이제야 갈 수 있으리라. 가족들의 곁으로.

어떻게든 해봐야만 한다

사무실의 출입문이 다시 거칠게 열리며 네다섯 명의 덩치가 밀고 들어온다. 밀실을 향해 이동하고 있던 점퍼 차림 사내들의 기관단총이 곧장 덩치들을 향한다.

타타타, 탕!

그런데 그 덩치들은 총탄 세례에도 아랑곳없이 곧장 점퍼 차림 사내들을 향해 맹렬하게 돌진해 간다. 이윽고 양측이 뒤엉키고 방향을 잃은 총구가 사무실의 벽이며 천장에다 무수히 구멍을 낸다.

타타타, 탕!

타타, 타타타, 탕!

그런 틈에 한쪽 구석에 엎드려 있던 중산이 바닥을 기며 김강한의 곁으로 다가온다. 그런데 그도 총상을 입었는지 한쪽 다리는 맥없이 바닥에 끌리고 또 오른쪽 팔과 어깨는 흥건하게 피로 물든 모습이다. 중산이 그나마 성한 왼팔로 겨우겨우 김강한의 몸을 끌어당겨서는 가까이에 있는 책상 뒤쪽으로 힘겹게 밀어 넣는다. 그런데 그때다. 사내들이 뒤엉킨 곳으로부터,

우둑!

우두둑!

뼈마디 부러지는 소리가 사뭇 선명하게 들리더니,

"큭!"

"윽!"

답답한 비명들이 이어진다. 점퍼 차림 사내들로부터다. 그들 셋 모두는 목이 꺾인 모습으로 바닥에 널브러졌고, 그런 채로 이내 움직임이 잦아든다.

가물거리던 의식을 한순간 되돌리며 김강한이 흠칫 정신을 추스른다. 그는 지금 삶과 죽음이 갈리는 절박한 순간에 서 있다. 지금 이곳에서는 그가 미처 상상조차 해보지 못한 상황이 벌어지고 있다. 이건 전쟁이다. 그리고 이 참혹한 전쟁의 공간에는 그 혼자만 있는 게 아니다. 진초희가 있고, 쌍피와 중산도 있다. 그럼으로 그는 결코 포기할 수 없다. 이대로 모든 것을 놔버릴 수는 없다. 어떻게든 해봐야만 한다.

아직 살아 있다

김강한은 덩치들이 회색의 통가죽 옷 같은 차림새임을 뒤

늦게야 인식한다.

'그자들이다!'

최도준의 동판을 쫓는 자들. 다만 같은 차림인 데다 하나같이 드럼통처럼 두꺼운 몸집의 거구들이라는 데서 지난번의 그 괴물과도 같은 자가 그들 중에 포함되어 있는지는 확인해 보기 어렵다.

그때다. 다시 한 사람이 사무실로 들어서고 있다. 블랙 톤 정장 차림에 날렵한 몸매의 사내. 이번에는 김강한이 확실하게 알아볼 수 있다. 바로 그자다. 전날 괴물 사내와 함께 온 바로 그 사내.

블랙 정장 사내가 실내를 빠르게 훑어보더니 곧장 밀실 쪽을 향해 간다. 그리고 밀실의 문을 열려고 해보지만 몇 번의 시도에도 문을 열지 못하자 통가죽 덩치들에게 뭐라고 짧게 외친다. 그러자 통가죽 덩치들이 주변의 책상이며 의자, 기타의 비품 집기류를 손에 잡히는 대로 집어 들고 밀실 문에다 집어 던지고 내려친다. 문을 아예 부숴 버리려는 시도이리라. 하여간 엄청난 힘이다. 밀실의 문이 충분히 두껍고 견고하다는 걸 알고 있는 김강한이지만, 저러다가는 아예 벽이 허물어지고 말지도 모르겠다는 생각이 든다.

김강한이 억지로 몸을 일으키려 해본다. 그러나 안간힘을 쓰고도 겨우 상체만 세웠을 뿐이다. 그런 덕에 그는 두어 걸음 떨어진 곳에 쓰러져 있는 사람 하나를 발견한다. 쌍피다. 김강한이 팔꿈치로 몸을 지탱하며 힘겹게 쌍피에게로 기어간다.

"이봐."

속삭이듯 부르며 쌍피의 몸을 흔들다가 다음 순간 그는 억눌린 비명처럼 내심의 탄식을 뱉고 만다.

'이런……!'

꼼짝도 않는 중에 쌍피의 상반신 전체가 피에 흠뻑 절어 있고, 몇 군데서는 여전히 뭉클뭉클 피가 솟구치고 있는 중이다. 김강한이 쌍피의 코 바로 아래에다 손가락을 대본다.

'아아, 아직 살아 있다!'

미약하지만 호흡이 느껴진다. 김강한의 굳은 얼굴에 일단의 안도가 스친다. 그러나 위험하다. 당장 피부터 멈추게 해야 할 텐데 방법이 없다.

'병원으로, 빨리 병원으로 데리고 가야만 한다!'

다급한 마음에 그가 내공을 운기한다.

'아아!'

그러나 어쩔하니 현기증만 지독하다. 몇 걸음 떨어진 곳에서 바닥에 주저앉은 채로 책상에 몸을 기대고 있던 중산이 안타까운 눈빛으로 김강한을 보고 있다. 그 역시도 피에 흠뻑 젖은 채로 꼼짝이라도 할 만한 상태가 아니어 보인다. 김강한이 마음만 더욱 절박하다. 그런데 그때다.

쾅!

사무실의 출입문이 또 한 번 거칠게 열리며 일단의 사내들이 다시 난입해 드는데, 하나같이 점퍼 차림에 기관단총을 들고 있다.

타타타, 탕!

타타타타, 탕!

곧장 무차별의 총격이 가해지고, 목표가 된 통가죽 덩치들의 몸이 격렬한 진동을 일으킨다. 그런 중에도 덩치들은 총구를 향해 돌진하는 맹렬함을 보인다. 그러나 괴물 같은 그들도 집중적으로 가해지는 총탄 세례를 온몸으로 받고는 이윽고 차례로 무너져 내리고 만다. 특히나 블랙 정장 사내는 온몸이 벌집처럼 변해 참혹한 형상으로 바닥에 널브러진다.

이어 점퍼 차림 사내들이 곧장 밀실로 향하더니 문의 손잡이 부분에다 기관단총을 집중적으로 난사한다.

타타, 탕!

타타타, 탕!

잠금장치를 아예 부숴 버리려는 것이리라.

이렇게 죽도록 놓아둘 수는 없다

쌍피의 몸에 돌연 경련이 일어나고 있다. 그 불규칙하고도 격렬한 떨림에서 김강한은 위급함을 직감한다. 쌍피는 지금 죽음의 문턱에 서 있는 것이다. 살려야 한다. 앞뒤를 잴 때가 아니다. 밀실이 뚫린다면 진초희가 위험해지리라는 것조차도.

쌍피를 이렇게 죽도록 놓아둘 수는 없다.

김강한이 쌍피를 끌며 바닥을 기기 시작한다. 중산이 온 힘으로 기어와서는 힘을 보탠다. 힘을 쓸 때마다 발작하듯이 피어오르는 극렬한 통증이 몸의 어느 부위에 상처를 입었는지 비로소 깨닫게 해준다. 통렬하게. 이를 악다문 중산의 이마에서도 굵고 푸른 힘줄이 지렁이처럼 꿈틀댄다. 그와 마찬가지로 중산도 지금 죽을힘을 다하고 있는 것이리라.

그러나 김강한은 이내 한계에 부닥치고 만다. 가빠진 숨은 금세 턱밑까지 치닫고, 온몸의 기력은 마침내 완전히 고갈되고 만다. 한 뼘도 더 나아가기 어렵다.

소용없다는 걸 이미 알지만 그는 다시금 내공을 운기해 본다. 당장에 아득한 현기증이 일어난다. 게다가 기맥이 파열되는 듯한 심통(深痛)이 그의 내부를 치달린다. 그러나 그는 필사적으로 매달린다. 이윽고 가닥가닥 끊어지는 채로나마 미미하게 기가 움직이고, 그것으로부터 한 줌의 내력이 쥐어짜진다.

한 줌의 내력에 한 뼘의 이동, 다시 한 줌의 내력을 쥐어짜내고 또 한 뼘의 이동. 그렇게 한 뼘 한 뼘 그는 쌍피를 끌고 악착같이 바닥을 기어간다.

이 사람부터

멀리서 사이렌 소리가 울리는 것 같다.

환청은 아닌 것 같다. 그렇더라도 김강한의 흐려진 의식으로는 그것이 경찰차 소리인지 구급차 소리인지까지는 구분이 되지 않는다. 혹은 그 두 종류가 마구 뒤섞이는 것 같기도 하다.

그는 여전히 쌍피를 끄는 채로 기고 있다. 아니, 그것도 분명치가 않다. 그저 제자리에서 버둥거리고만 있으면서 나아가야 한다는 의지만 치열하게 불태우고 있는지도.

"여보세요! 정신 좀 차려보세요! 제 목소리 들립니까?"

누군가 귓가에다 외쳐댄다. 김강한이 겨우 실눈을 뜬다. 119 구급대원들이다. 순간 김강한은 치열하게 붙잡고 있던 의지의 가닥을 마침내 놓아버린다. 안도다. 곧바로 의식이 깊은 수렁 속으로 잠겨간다.

"이 사람… 이 사람부터……."

마침내 의식의 끈을 놓치면서 마지막으로 그의 미약한 손짓이 쌍피를 가리킨다.

제3장

—

일본행

아무도 없이 그 혼자

김강한은 문득 눈을 뜬다.

그렇지만 당장에는 그것 이상의 움직임을 시도하지는 못한다. 무언지 모를 경계감이 그를 짓누르고 있다.

낯선 곳이다.

그는 침대에 누워 있고 침대 주변으로는 빙 둘러서 커튼이 처져 있다. 커튼의 조금 벌어진 틈 사이로 바깥 풍경이 보인다. 열을 맞추어서 줄줄이 놓인 침대들, 그 사이로 바쁘게 오가는 하얀 가운을 입은 사람들.

의식이 대체로 명료해진 다음에도 김강한은 여전히 누운 채로 조금도 움직이지 않고 있다.

아마도 그는 많이 다친 것 같다. 응급실로 보이는 곳에 누워 있다는 것만으로도 그렇지만, 특별히 아픈 곳은 없는데 온몸이 마비가 된 듯이 전신의 감각이 느껴지지 않는다.

그런데 왜 아무도 없이 그 혼자 덩그러니 누워 있는 걸까? 커튼 바깥에서는 의사와 간호사들이 분주히 종종걸음을 치지만, 누구도 그에게 관심을 주지 않는다.

추출

한참을 더 멍하니 있은 다음에야 김강한은 이윽고 천천히 몸 상태를 점검해 본다. 그러자 식어 있던 몸에 온기가 퍼지듯이 그의 의식이 가 닿는 곳부터 하나하나 몸의 감각이 깨어나기 시작한다.

이윽고 상처 부위에 의식이 가 닿았을 때, 그는 먼저 약간의 아릿한 통증을 느낀다. 그러나 인상을 쓸 정도는 아니다. 그리고 통증이 비롯되는 곳에 무언가 이물질의 존재가 실감되며, 그 주변의 피부와 살이 근질거린다.

의식만으로 더듬기에는 답답함을 느끼고 그가 조심스럽게 손을 뻗어 상처 부위를 만져본다. 뭔가 예의 그 이물질이 만져진다. 손톱으로 빼보니 작은 쇳덩이다.

'총알?'

그는 생경하면서도 거부감이 느껴지는 그것을 잠시 손가락 사이에 놓고 이리저리 굴려보다가 침상의 머리맡 아래쪽에 놓인 휴지통에다 던져 버린다.

이어 그는 몸 이곳저곳에서 다시 여러 개의 이물질, 총알을 더 추출해 낸다.

왠지 그런 것 같다

'금강불괴?'

문득 생각을 떠올리곤 김강한은 어쩔 수 없이 실소를 짓는다. 그러나 그 의미에 대해서는 새삼 생각을 정리해 본다.

금강불괴라도 총알은 못 막는다. 외단이며 내단이 다 무슨 소용인가? 총 앞에서는 무용지물일 뿐인데. 마구 난사되는 기관단총 앞에서 그는 얼마나 무기력했던가?

그러나 다시 생각해 보면 아주 아닌 건 또 아니다. 총에 맞고, 피를 흘리고, 정신을 잃고 응급실에 실려 오긴 했지만, 그처럼 여러 개의 총알이 몸에 박히고도 살아남았다는 사실만으로도 놀라운 일이다.

더욱이 몸에 박힌 총알들이 저절로 피부까지 빠져나와 그의 손으로 직접 빼낼 수 있는 것이며, 비록 아직 몸을 움직여 보지는 않았지만 왠지 멀쩡해진 것만 같은 이 기분만으로도 이건 놀라움을 넘어 기적이라고 해야 하지 않겠는가 말이다.

어떻게 된 노릇인지 알 수는 없지만, 그런 놀라움과 기적에 대해서는 결국 금강불괴와 연관을 시켜야만 그나마 약간이라도 스스로 수긍이 되지 않겠는가?

그리고 금강불괴는 아닐지라도 어쨌든 살아남지 않았는가? 그런 점에서 그의 외단과 내단, 나아가 금강부동공은 이제 또 한 단계의 진보를 이룬 것일까?

왠지 그런 것 같다. 왠지…….

환자가 이렇게 세차도 되나?

김강한은 긴급한 요의를 느낀다. 웬만하면 참아보겠는데, 이건 이미 인내할 수 있는 한계를 넘어섰다. 당장에 방광이 터져 나가는 듯하다.

조심스레 침대에서 내려선 그는 커튼 틈을 벌리고 바깥의 동향을 살핀다. 불쑥 걸어 나갔다가 의사나 간호사라도 마주치면 지금 환자가 뭐 하는 짓이냐고 호통이라도 칠 것 같아서다.

커튼을 젖히고 슬쩍 걸어 나간 그에게 신경을 쓰는 사람은 아무도 없다. 다들 제 할 일에 바쁘다. 하긴 바로 옆에서 사람이 죽어나가도 별로 큰일이 아닌 곳이 바로 응급실이라고 하지 않던가?

그러고 보니 그는 환자복도 입고 있지 않다. 원래 입었던 옷 그대로다. 곳곳에 피가 배어 나왔다가 말라붙은 흔적이 역력하지만, 그나마 밝은 색 계통이 아니라서 크게 두드러지지는 않는다.

다리와 허리가 뻑뻑한 느낌이긴 하지만, 걷는 데는 별 무리가 없다. 응급실의 자동문을 나서자 바로 근처에 화장실 표시가 보인다.

좌아아!

오줌발이 세차다. 혹시 누가 듣지나 않을까 또 괜히 눈치가 보인다. 응급실에 실려 온 환자가 이렇게 세차도 되나 싶다. 그런데 끝없이 나온다. 남자의 방광 용량이 2리터나 된다고 하는 걸 어디서 본 적이 있는데, 지금 그의 방광에서 분출되고 있는 양은 그걸 한참이나 넘어서는 것 같다. 한참이나 걸려서 '볼일'을 다 보고 나니 설핏 갈등이 생긴다.

'이대로 나가 버려?'

그러나 그는 다시 침대로 돌아가기로 한다. 잠시 더 기다리다 보면 누군가 그를 보러 올 것 같기도 한데, 그가 아무 얘기도 없이 사라져 버리면 또 한바탕 난리가 날 것 같아서다.

이게 어떻게 된 겁니까?

김강한이 다시 침대로 돌아와 눕는데도 역시나 아무도 관심을 가져주지 않는다. 그가 그렇게 한참을 더 누워 있을 때다.

"대표님!"

하고 부르며 누군가 커튼을 젖힌다. 중산이다. 반갑다. 그러나 김강한이

"왜?"

하고 짐짓 태연하게 대하는데,

"아, 대표님! 깨어나셨군요?"

중산이 크게 반색하고는 곧장 서두른다.

"잠깐만 기다리십시오! 제가 가서 의사 선생님을 모셔오겠습니다!"

"아냐, 됐어!"

하며 김강한이 가볍게 일어나 앉자 중산의 입이 딱 벌어지고 만다.

"이게… 어떻게 된 겁니까?"

중산의 놀람이 무엇에 대한 건지는 충분히 짐작이 되는 바이지만, 김강한이 그 놀람에 대해 친절하게 답해줄 마음까지는 생기지 않아서 슬쩍 짜증 조로 뱉는다.

"근데 어딜 갔다가 이제 오는 거야, 환자만 혼자 남겨두고?"

일단 목숨은 구했다는 데서

중산이 차근차근 자초지종을 얘기한다.

처음 응급실에 왔을 때는 김강한과 쌍피 둘 다 긴급하게 수술이 필요한 것으로 판단되었지만, 당장 수술을 집도할 수 있는 의사가 한 명뿐이었다. 그런데 총상을 입은 부위의 개소는 김강한이 많았음에도 오히려 쌍피의 상태가 더욱 위중한 것으로 진단되었기에 쌍피가 먼저 수술실로 옮겨졌고, 김강한은 우선 응급처치만 하고 다른 집도의가 긴급 확보될 때까지 대기하고 있는 중이었단다.

그런데 얘기를 한참 듣던 중에야 김강한은 중산이 또한 환자복 차림이라는 것을 인지한다. 누가 보면 사복 차림의 그가 침대에 있고 환자복 차림의 중산이 그 옆에 서 있는 광경에 대해 이상하게 여길 법도 하지 않겠는가? 그런데 다시 보니 중산의 환자 복장에서 도톰하게 도드라져 있는 부위들이 눈에 들어온다.

"이리 와봐."

김강한이 중산의 옷자락을 당겨서 환자복 안을 들추어보니 가슴과 허리, 그리고 어깨에도 붕대를 칭칭 두르고 있다.

"많이 다쳤어?"

김강한의 물음에 중산이,

"아, 아닙니다! 별것 아닙니다! 저는 그냥 가벼운 상처에 불과합니다!"

하고 마치 무슨 잘못이라도 한 모양으로 뒤로 한 걸음을 물러난다. 김강한이 가볍게 이마를 찌푸렸다가 풀며 다시 묻는다.

"쌍피는? 많이 안 좋은 거야?"

그것이야말로 김강한이 진작부터 묻고 싶던 말이다.

"다행히 생명에는 지장이 없을 거랍니다. 다만 총상을 입은 부위의 신체 기능을 완전히 회복할 수 있을지는 수술이 끝나 봐야 보다 상세하게 판단을 해볼 수 있겠는데, 수술 결과가 좋다고 하더라도 장기간의 재활치료를 거쳐야 할 거라고……."

"음……."

김강한이 깊은 탄식을 뱉지만, 한편으로는 안도가 되는 심정이다. 일단 목숨은 구했다는 데서.

암담

"초희 씨는?"

가장 걱정하고 있던 것을 김강한이 정작 마지막에야 묻는다. 그런데 중산의 안색이 대번에 어두워진다.

"어떻게 됐냐니까?"

확 불안해지는 마음에 김강한이 대답을 재촉한다.

"아가씨는… 놈들에게 납치를 당한 것 같습니다."

중산의 대답이 가늘게 떨려 나온다.

"으음!"

김강한이 무거운 탄식을 불어내지만 애써 마음을 추스른다.

"어떻게 된 건지 자세히 말해봐."

"신고를 받고 출동한 경찰이 사무실로 진입하기 직전에 놈들이 밀실의 문을 열었고, 곧장 아가씨를 끌고 간 것 같습니다."

"최도준은? 그자는 어떻게 되었어? 초희 씨와 함께 밀실에 있었는데?"

"죽었습니다."

"뭐? 최도준이 죽었다고?"

"예. 놈들이 쏜 총에 맞아 현장에서 즉사했답니다."

"음!"

김강한이 다시금의 무거운 탄식을 뱉는다. 비록 그와는 악연의 우여곡절이 얽힌 관계이긴 하지만, 최도준이 그렇게 느닷없는 죽음을 맞았다는 건 참으로 뜻밖이다.

중산이 고개를 푹 숙이고 있다. 끝내 진초희를 지키지 못했다는 자책감 때문이리라. 김강한 또한 무거운 침묵을 지킨다. 마음은 급해지는데 당장에 무엇을 어디서부터 어떻게 시작해야 할지 암담하기만 하다.

사실상 불가능

응급실 문이 열리며 사내 하나가 휠체어를 밀고 들어온다. 휠체어에 앉은 이는 이철진이다.

이철진을 보면서 김강한은 비로소 일말의 안도감을 가져본다. 그러면 지금의 이 암담한 상황에서 어떤 방향이든 대안을 제시해 줄 수 있을 것 같아서이다.

"그녀는… 어떻게 되었습니까?"

김강한이 무겁게 묻는다. 중산에게 이미 한 질문이고, 나카야마카이에 납치되었다는 답까지 들었음에도 다시 묻는 것은 역시 이철진이라면 뭔가 새로운 사실을 가지고 왔을 수도 있겠다는 믿음에서이다. 아니, 그렇게 믿고 싶다.

"거대 야쿠자 조직이 개입된 데다 서울 시내 한복판에서 총격전이 벌어지고 더욱이 다수의 사망자까지 나왔으니 경찰에서도 긴급하게 전담 팀을 꾸리고 수사에 착수한 중이오. 이미 나카야마카이의 조직원들에 대한 수배 조치가 내려졌고, 아울러 전국의 공항과 항만에 출국금지 조치가 취해졌으니 적어도 그들이 공식적인 루트로 출국할 길은 막혔다고 할 수 있소. 그렇다면 남은 루트는 밀항 쪽뿐인데, 그 부분에 대해서는 경찰과 별도로 우리 쪽에서도 폭넓게 정보를 수집하고 있는 중이오."

이철진이 빠르게 일단의 사실들을 쏟아낸다.

"그럼 그들이 초희 씨를 일본으로 데리고 가는 건 일단 막을 수 있는 겁니까?"

재촉하듯이 묻는 김강한에 대해 이철진이 무겁게 고개를 가로젓는다.

"일본으로의 밀항 루트는 워낙 다양해서 그 모든 루트를 일시에 다 커버하기란 사실상 불가능한데… 그렇더라도 가능한 모든 수단과 방법을 다 동원하고 있는 중이오."

"으음!"

김강한이 답답한 탄식을 뱉고 만다.

껄끄러울 부분들

"경찰이 초희 씨를 구해낼 가능성에 대해서는 솔직히 말해서… 나는 부정적으로 보고 있소."

이철진의 그 말에 대해서는 김강한도 중산도 대번에 안색이 어두워지고 만다. 이철진이 차분하게 표정을 추스르며 말을 잇는다.

"그리고 우리가 대비해야만 할 또 다른 문제들이 있소. 우리로서는 껄끄럽지 않을 수 없는 문제들인데, 이제 경찰의 수사가 본격적으로 진행되면서 표면화될 가능성이 크다는 판단이오. 예컨대 우선은 조상태의 문제요."

그 말이 무엇을 의미하는지 김강한으로서도 모를 수는 없다. 경찰이 깊숙한 곳까지 파고들면 그가 조상태로 행세하고 있는 것이 밝혀지기 쉬울 테고, 그렇게 된다면 진짜 조상태의 행방으로까지 수사 범위가 넓혀지게 될 것이 아닌가?

다만 중산은 설핏 의아하다는 빛으로 된다. 이철진이 대표의 직위를 떼버리고 그냥 조상태라고만 말한 데 대해서일 것

이다. 그것도 조상태 대표의 바로 면전에서 말이다. 그런 중산
에 대해 이철진이 곧바로 지시하는 투가 된다.

"일단 중산 씨는 경찰에서 조사를 나오기 전에 지금 바로
병원을 나가도록 하시오. 퇴원 수속은 따로 밟도록 할 테니
까."

중산이 자세한 이유를 묻지도 않고 곧바로 고개를 끄덕인
다. 이철진이 휠체어를 밀고 온 사내에게 중산을 안내하라고
지시하자 그 둘은 곧바로 응급실을 나간다.

수긍

"또 한 가지 껄끄러운 문제는 바로 최도준의 아버지에 대해
서요. 조 대표도 알고 있겠지만, 그는 마음만 먹으면 무엇이라
도 할 수 있을 막강 권력을 가지고 있는 인물이오. 그런 만큼
아들의 죽음에 대해 경찰 수사에만 맡겨놓지 않고 어떤 독자
적인 조치를 시도할 가능성에 대해서도 열어놓을 필요가 있
다는 생각인데… 그런 전제에서 그가 만약 최도준과 조 대표
의 관계에 대해 의심을 가진다면 상황은 또 예측할 수 없는
방향으로 꼬일 것이고, 그 꼬이는 방향이 결코 우리에게 유리
한 쪽은 아닐 것이오."

이철진의 그러한 예측과 판단에 대해서도 김강한으로서는
또한 수긍하지 않을 수 없다. 물론 이철진이 최도준과 진초희

사이에 얽힌 사정과 또 그와 최도준 사이의 악연에 대해 다 알고서 하는 소리는 아닐 것이다. 그러나 최도준의 아버지가 아들의 돌연한 죽음에 대해 쉽게 납득하지 못할 것은 당연하며, 더욱이 그렇게 막강한 권력을 지닌 이상에는 그러한 사정과 악연에 대해 어떻게든 파고들 수도 있을 것이며, 또한 그런 과정에서 그가 숨겨야만 할 몇 가지 사실이 노출될 가능성을 배제하지는 못한다는 점에서의 수긍이다.

"그러나 우리가 당장에 어떤 선제적 대응을 취하기에는 아직 막연하니 일단은 이렇게 합시다."

"……?"

"조 대표에게 유능한 변호사를 하나 붙일 거요. 그러니 경찰에서 조사를 들어오거나 혹은 다른 어떤 상황에서도 조 대표는 다만 피해자의 입장에서 자세한 사정에 대해서는 알지 못한다고 하고, 조금이라도 애매하거나 곤란하다 싶은 건 무조건 변호사에게 일임하시오."

이철진의 그 말에 대해서도 김강한은 순순히 고개를 끄덕일 수밖에 없다.

강 변

이철진이 붙여준 변호사는 사십 대 초반쯤으로 보이는 남자 변호사인데, 평범한 체격에 평범한 얼굴에서 굳이 '유능한 변호사로 특징할 부분을 찾는다면 다소 작은 두 눈에 이따금 씩 제법 날카로워 보이는 빛이 비친다는 정도이다.

"그냥 편하게 강 변이라고 부르세요."

"……?"

김강한이 무슨 소리인가 하는데, 그게 표정으로 보인 모양 이다. 변호사가 웃음기 없는 얼굴로,

"드라마 같은 거 안 보세요?"

하고 묻는데, 농담 같지는 않고 사뭇 진지한 빛이어서 마치 타박을 하는 것도 같다. 김강한이,

'그래, 나 드라마 같은 거 잘 안 보는 사람이요.'

하고 되받아주고 싶은 마음이 설핏 들기도 하지만, 속 좁게 그럴 건 또 아니라서 그냥 쓰고 만다. 어쨌든 불러달라는 대로 불러주면 될 일이다.

강 변이 의자 하나를 챙겨 와서는 김강한의 침상 옆에 자리를 잡는다. 그러더니 달리 하는 일 없이 그냥 계속 앉아만 있는데, 누가 보면 병구완을 하러 온 사람으로 알지 싶다.

김강한도 말을 즐겨 하거나 붙임성이 있는 성격은 아닌데, 강 변 역시도 군이 시키는 말에만 짧은 대답을 할 뿐 나머지는 그냥 묵언수행이라도 하는 양으로 입을 꾹 다물고 있다.

영 재미가 없을뿐더러 점점 더 어색해지기만 한다. 그렇다고 이철진이 기껏 붙여준 '유능한 변호사'를 그냥 가라고 할 수도 없는 일이고 김강한으로서는 사뭇 고역이다.

말발

경찰서에서 형사가 나온다. 박 형사라고 하는데, 사십 대 후반쯤의 나이에 인상이 사뭇 험상궂다. 형사라고 미리 알지 않았더라면 딱 범죄자의 인상이다. 하긴 형사라고 정의롭게만 생기란 법은 없을 것이고, 범죄자라고 해서 험상궂게만 생기라는 법도 없을 것이다.

박 형사가 이것저것 묻는데, 김강한이 처음의 가벼운 몇 가지에만 대답하다가는 이내 이철진이 코치한 대로 적당히 힘겹다는 시늉의 환자 코스프레로 대답을 피한다. 그러자 옆에서 자못 심각하게(?) 지켜보고 있던 강 변이 즉각 나선다.

"제 의뢰인은 여러 군데의 총상을 입은 심각한 상태의 중환자입니다. 이제 곧 엄중한 수술을 앞두고 겨우 안정을 취하고 있는 중인데, 자꾸 스트레스를 주면 상태가 급작스레 악화될 수 있습니다. 그런 만큼 더 이상의 질문은 수술을 끝낸 후 환자의 상태가 어느 정도 호전되고 난 다음에 하도록 하시죠."

강 변이 과묵한 줄로만 알았더니 일단 말을 꺼내자 제법 매끄러우면서도 단호한 어필이 담긴다. 그래서 변호사인가 싶다. 변호사라는 게 결국 '말발'로 먹고사는 직업이 아닌가? 어쨌든 그 말발에 박 형사가 두 손을 드는 시늉으로 물러난다.

그런데 잠시 후다. 박 형사가 다시 응급실로 들어오는데, 다른 한 사람을 대동하고서다. 박 형사가 사뭇 정중하고 조심스러운 태도로 안내해 오는 모습에서 그레이 톤의 하프 코트를 걸친 그 중년 사내는 상당히 직급이 높거나 박 형사보다는 한참이나 윗선인 모양새다.

"또 무슨 일입니까?"

강 변이 지레 방어벽을 치자, 박 형사가 짐짓 곤란하다는 표정을 지었다가 풀며 대답한다.

"수사를 위해 유관 기관에서 나오신 분인데, 이번 사건과 관련해서 급하게 확인해야 할 사항이 몇 가지 있답니다. 긴급하게 필요한 사항이라니까 어려우시더라도 잠시만 좀 협조를 부탁드리겠습니다."

강 변이 김강한을 힐끗 돌아본다. 그러나 막상 김강한의 의사 같은 건 확인하지도 않고 참참한 투로 답변을 낸다.

"수사에 긴급하게 필요하다니까 최대한 협조는 하겠습니다. 그러나 말씀드렸다시피 중환자라는 점을 감안해서 무리가 되지 않는 범위 내에서 짧게 끝내주시기 바랍니다."

"예, 예. 물론입니다."

박 형사가 짐짓 고개를 숙이는 시늉을 하고는 몇 걸음 멀찌감치 뒤로 빠지는데, 그 모습이 마치 이제부터 하프 코트 사내가 물을 내용에 대해서는 자신으로서도 허락 없이는 들을 수 없다는 뜻으로도 보인다.

하프 코트 사내가 강 변을 향해서도 힐끗 시선을 주는데, 그 시선에 담긴 날카로움에서 강 변 또한 자리를 피해주기를 바란다는 뜻이 비친다.

그러나 강 변이 어림없다는 듯이 무표정으로 버티고 서 있자, 하프 코트 사내는 가볍게 이마를 찡그리며 강 변이 앉았던 의자를 당겨서는 김강한의 머리맡으로 붙어 앉는다.

변호

"국제파를 통해서 이미 대강의 사정을 파악했고, 조상태 씨가 평범한 사람이 아니란 것도 알고 있소. 그러나 당신이 누구며 무슨 일을 했건 그런 데 대해서는 상관하지 않겠소. 우리가 원하는 것은 다만 최도준 씨의 사인에 관해서요. 그러니 당신이 아는 것을 조금의 숨김도 없이 자세히 말해주시오."

그 나직하고도 무거운 목소리에서 김강한은 하프 코트 사내가 최도준의 사인에 대해 그와의 관련성을 강하게 의심하고 있다는 느낌을 실감할 수 있다.

"만약 협조하지 않으면… 당신도 결코… 무사하지……."

하프 코트 사내의 목소리가 점점 낮아지다가는 이윽고 끊어지는데, 그 의도적인 끊김에서 오히려 살벌한 위협이 풍긴다. 물론 그런 정도에 정말로 위협을 느낄 김강한은 아니지만, 일단 상황을 파악할 여유를 가질 필요는 있겠기에 그가 짐짓 된소리를 흘려낸다.

"으음……."

그러자 그렇지 않아도 이미 잔뜩 눈에 힘을 준 채로 지켜보고 있던 강 변이 득달같이 나선다.

"제 의뢰인은 엄연히 이 사건의 피해자입니다! 그런데 지금 최도준 씨의 사인에 관한 것을 왜 제 의뢰인에게 묻는 겁니까? 그리고 마지막에 하신 말씀은 제가 제대로 듣지는 못했지만 혹시 협박을 한 것 아닙니까? 저는 변호인으로서 제 의뢰인에 대한 부적절하고도 부당한 행위를 묵과할 수 없으니 이만 돌아가 주십시오!"

순간 하프 코트 사내가 차갑게 얼굴을 굳히며 자리에서 일어난다.

"어이, 변호사 양반! 낄 자리 안 낄 자리 구분 못 하고 함부로 나대다가 쥐도 새도 모르게 추락하는 수가 있어!"

그 나직하고도 섬뜩한 으르렁거림에 강 변이 일시 질린 듯한 기색이 되고 만다. 그러나 이내 그는 스스로의 위축에 대한 반발인 듯이 버럭 소리를 질러낸다.

"뭐요? 지금 나한테 협박하는 겁니까? 당신 도대체 누굽니까? 수사 유관 기관에서 나온 것 맞아요? 당장 정확한 소속과 신분을 밝히세요!"

"이 새끼가 진짜……!"

하프 코트 사내의 기세가 이윽고 험악해지는데, 강 변이 기겁하며 한 발을 물러서면서 크게 소리를 친다.

"경찰! 이봐요, 박 형사님!"

고함 소리에 응급실 내에 있는 모두의 이목이 일시에 집중되고, 그런 중에 박 형사가 또한 화들짝 놀라 황급하게 달려온다.

"박 형사님, 여기 이 사람이 지금 제 의뢰인과 저에 대해 명백한 협박을 가하고 있는데, 이 사람 신분, 정말 확실합니까?"

여전히 외치듯이 목소리를 키우는 강 변에 대해 박 형사가 크게 난감하다는 기색으로 하프 코트 사내에게 가까이 다가선다. 그리고 작은 소리로, 그러나 굳이 불만을 감추지 않으며 말한다.

"아무리 상부에서 협조 지시가 있었다고 해도 이렇게 하시면 저희 입장이 상당히 곤란해집니다."

그 말을 들었는지 강 변이 더욱 기세를 올리며 하프 코트 사내를 몰아세운다.

"오라! 당신 수사기관 쪽 아니지? 당신, 어디 소속이야? 어디 뭐 정보기관이라도 돼? 국정원이야? 나 참, 요즘 시대가 어떤 시댄데, 국정원 아니라 국정원 할아버지라도 이런 식으로 하면 안 되지!"

강 변이 이어 박 형사에게도 따지고 든다.

"박 형사님, 지금 당장 저 사람에 대한 신분 확인을 요구합니다! 저도 명색이 변호사입니다! 경찰과 검찰, 또 언론과 국회 쪽과 통하는 인맥이 저라고 없을 것 같습니까? 저 사람 신분 확인, 즉시 해주지 않으면 무슨 일이 벌어지는지 한번 두고 볼까요?"

사뭇 협박성의 멘트까지 날린 강 변이 내처 휴대폰을 꺼내 들고는 어디론가 전화를 걸어댄다. 상황이 그렇게 번지자 하프 코트 사내도 이윽고는 당황스러운 기색이 되더니 슬쩍 구석진 곳으로 가는데, 어디론가 급히 전화를 거는 모양새다.

그 아이의 아비 되는 사람이오!

"전화 좀 받아보시오."

빠른 걸음으로 다시 다가온 하프 코트 사내가 김강한의 눈앞에다 불쑥 휴대폰을 내민다.

김강한이 자못 흥미롭게 돌아가는 꼴을 구경하고 있는 중에 불쑥 건네는 휴대폰이 달갑지는 않아서 그저 멀거니 쳐다보기만 한다. 그런데 강 변이 여기저기 바쁘게 전화를 걸어대는 중에도 그걸 봤는지 대차게 소리를 친다.

"그 전화 받지 마십시오! 누군지도 모르는 전화 받으실 필요 전혀 없습니다!"

그런데 그때다. 휴대폰에서 굵은 저음의 목소리가 흘러나온다.

"여보세요!"

그리고 다시,

"나 최중건이오!"

하고 이어지는데, 그 짧은 몇 마디만으로도 사뭇 무겁고 권위적인 느낌을 풍기는 데가 있다. 그러나 김강한으로서는 상대가 누군지 당장에는 대중하지 못하는데, 저쪽에서 다시 덧붙이고 있다.

"최도준 그 아이의 아비 되는 사람이오."

차마 거절 못 할 부탁

최중건은 자신의 아들이 왜 그렇게 죽어야 했는지에 대해 얘기를 듣고 싶다고 했다. 김강한을 직접 만나고 싶지만, 오랫동안 공직에 몸을 담아온 처지로서 가볍게 움직였다가 자칫 세간의 주목이라도 받게 되면 오히려 아들의 죽음에 쓸데없는 오해를 키울까 염려되어 우선 사람을 대신 보낸 것이니 양해해 달라고 했다. 자식 잃은 아비의 심정을 안타깝게 생각해서라도 부디 겪은 대로의 자세한 얘기를 좀 해달라고 간곡히 부탁한다고 했다.

부탁이라고는 하지만 최중건의 말투에서는 여전히 간곡하다는 느낌보다는 사뭇 권위적이고 위압적인 느낌이 강하다. 그러나 김강한의 마음이 설핏 움직인다.

아버지와 아들. 그 아버지가 어떤 사람이건 간에, 또 그 아들이 어떤 사람이건 간에 아버지와 아들의 관계는 우선 애틋한 것이리라.

더욱이 아직 젊은 청년인 아들을 비명에 보낸 아버지의 심정은 얼마나 절절할 것인가? 그 절절한 부탁을 어떻게 딱 잘라 거절하겠는가?

군이 복잡하게 만들 생각은 또 없다

전화를 끊은 김강한이 하프 코트 사내에게 대강의 얘기를 해준다.

최도준과는 박영민과 동행한 로열 파티에서 처음 봤고, 서로 젊은 혈기로 처음에는 약간의 감정 대립이 있었지만 금방 해소되고 서로 교분을 맺게 된 얘기, 진초희와 나카야마카이 간에 얽힌 대강의 사정과 그 사건이 일어나기 직전에 최도준이 우연히 사무실에 들르는 바람에 총격전에 휘말려 변을 당하고 말았다는 얘기. 대강 그런 요지의 얘기들이다.

다만 최도준의 색광으로서의 면모와 그로 인한 진초희와의 악연, 그리고 동판을 쫓는 자들에 관해서는 언급하지 않았다. 군이 복잡하게 만들 생각은 또 없어서다. 최중건이 그런 사정에 대해서도 이미 어느 정도까지는 알고 있을 수도 있겠지만.

어쨌든 아마도 국제파 등을 통해서 이미 알고 있을 내용들과 크게 다른 점이 없었는지 하프 코트 사내는 김강한의 얘기에 대해 대체적으로 수긍하겠다는 기색이다. 게다가 곁에 바짝 붙어 서서 잠시도 경계를 늦추지 않고 있는 강 변이 껄끄러워서라도 더 이상의 얘기를 요구하지는 못하는 모양새다.

최중건에게 전화로 간단히 보고하는 모습이더니 또 조만간에 직접 한번 만나보기를 원한다는 최중건의 말을 전하고 하프 코트 사내는 총총히 응급실을 떠난다.

힘겹고도 긴 싸움이 될 것이라고

김강한은 1인실로 병실을 옮긴다.

그리고 더 이상 김강한의 곁을 지키고 있을 필요는 없겠다고 판단되었는지 강 변은 슬그머니 병원에서 사라진다. 대신 이철진이 보낸 젊은 친구 하나가 수시로 병실을 드나들며 이런저런 필요한 사항을 돌보고 처리하는 중이다.

수술을 끝낸 쌍피가 중환자실로 옮겨졌단다.

위중하던 것에 비하면 수술 경과가 좋아서 몸은 아직 못 움직이지만 의식은 명료한 편이고, 주변에서 하는 말을 제법 알아듣고 눈 깜빡임 등으로 반응한다고도 한다.

그렇더라도 담당 의사의 말로는 이제부터 시간과의 힘겹고도 긴 싸움이 될 것이라고 했단다. 다치기 전의 상태로 돌아가기 위해서는 얼마간이라고 속단할 수 없는 장기간의 치료와 재활이 필요할 거라고.

다음부터는 똑바로 하자!

"당신이 나한테 그랬잖아?"

중환자실 쌍피의 침상 머리맡으로 다가앉으며 김강한이 귓속말처럼 나직이 속삭인다. 그러자 쌍피의 눈빛에 희미하게나마 의아함이 생긴다.

"나카야마카이가 조직원 수가 만 명도 넘는 거대 조직인 데다 우리와는 아예 무력의 차원이 다르다며? 그런 놈들하고 붙는다는 생각 자체가 어불성설이라며?"

그 말에는 쌍피의 두 눈이 힘겹게 한 번 깜빡임을 보인다.

"수행 비서라면 대표가 까라면 무조건 까는 시늉 정도는 해야 하는 거 아니냐고 내가 그랬더니 당신이 아주 똥 씹은 얼굴로 그랬어. 알겠다고. 그랬어, 안 그랬어?"

쌍피의 눈이 다시금 깜빡인다.

"근데 그러면 안 되는 것 아냐? 아니, 내가 뭘 도통 몰라서 그냥 무식하게 막 밀어붙이더라도 당신은 수행 비서로서 안 되는 건 목에 칼이 들어와도 안 된다고 끝까지 말렸어야지. 그랬으면 당신도 나도 이런 꼴은 안 되었을 거 아냐? 그러니까 이게 다 당신 때문이야. 당신이 수행 비서 노릇을 잘못해서 이렇게 된 거라고. 그래, 안 그래?"

쌍피의 눈빛이 이윽고는 가늘게 흔들린다.

"쩝!"

김강한이 과장되게 입맛을 한번 다시곤 짐짓 체념한 체 말을 보탠다.

"그렇지만 뭐 어떡하겠어? 그게 다 내가 대표로서 덕이 부족한 때문이겠지 생각하고 넘어가는 수밖에. 그러나 봐주는 건 딱 이번 한 번뿐이야. 그러니까 빨리 멀쩡해져서 다음부터는 똑바로 해. 알았어?"

순간 쌍피의 눈빛에 희미하게 웃음기가 번진다. 그러고는 천천히, 그러나 힘 있게 눈을 깜빡인다.

김강한은 쌍피의 그 눈 깜빡임을 기약(期約)으로 새긴다. 그 스스로에게 하는 기약. 다음부터는 똑바로 하자.

지금 이대로가 계속되기를

김강한이 퇴원하겠다고 했을 때 이철진은 새삼 고개를 갸웃거린다.

그가 듣기로 처음 응급실로 실려 왔을 때 조상태의 상태는 쌍피에 비해서 더 위중했으면 위중했지 결코 가볍지는 않은 중상이라고 했다. 그런데 조상태는 짧은 시간 안에 믿지 못할 만큼 빠르게 회복해서 지금은 적어도 겉보기로는 거의 멀쩡하게 여겨질 정도이다. 긴급하게 예정되어 있던 수술을 받지 않

은 것은 물론이고, 초기의 응급처치 외에는 이렇다 할 치료를
받은 것이 거의 없음에도 말이다.

어쨌든 그로서도 조상태가 일단은 퇴원하는 것이 좋겠다는
생각이다. 상황의 추이에 따라서는 당분간은 몸을 피해 있게
하는 것도 고려해야만 한다.

특히나 조심스러운 것은 경찰 조사에 대한 것보다도 역시
최도준의 아버지 최중건에 대해서다. 조만간에 최중건은 많은
사실을 알아낼 것이다. 그중에는 그로서도 미처 모르고 있는
사실까지도 있을 것인데, 짐작컨대 그러한 것들은 밝혀져서는
안 될 부분일 것이다.

그는 지금 이대로가 계속되기를 바란다. 조상태가 계속 조
상태로 남아주기를. 그가 절대적으로 믿을 수 있는 단 두 사
람 중의 하나로 계속해서 남아주기를.

권유

서해 개발의 사무실이 폐쇄된다. 그리고 이철진은 김강한
과 중산에게 당분간의 휴양을 권유한다.

뚜렷하거나 구체적인 상황이 있는 건 아니지만, 뭔가 심상
치 않은 조짐이 진전되고 있는 것 같으니 일단은 사건의 중심
에서 멀어져 있는 것이 좋겠다는 것인데, 사실상 도피하라는
것일 터이다.

김강한이 우선 쌍피에 대한 걱정이 크지만, 어차피 중환자실에서 꼼짝 못 하고 누워 있는 처지이니 경찰이건 누구건 당장에 그를 어떻게 할 수 있는 것도 아니라는 이철진의 판단이다. 그런데 이철진이 막상 자신에 대해서는,

'걱정 마시라.'

하며 사뭇 느긋하다. 자신은 어디까지나 제삼자라는 것이다. 사건에 직접적으로 관련이 있는 것도 아니고, 또한 실제로도 사건에 대해 아는 게 별로 없다며.

그리고 서해 개발에서 그의 직책이라야 기껏 명예직이나 마찬가지인 고문에 불과하니 누가 굳이 법적책임을 지우려 파고든다고 해도 딱히 걸릴 게 없다는 것이다. 하긴 그럴 듯도 하다.

책임을 져야 할 이유

김강한은 한 가지 생각에 매몰되어 있는 중이다. 진초희 그녀에 대해서다.

생각은 그녀에 대해, 그녀가 납치된 것에 대해 그가 책임을 져야만 한다는 것으로부터 시작된다. 그리고 그가 책임을 져야 한다면 그 이유는 무엇으로부터 비롯되는 것일까 하는 생각으로 이어진다.

'이(二) 만리장성?'

요즘 세상에 고작 그런 게 한 남자로서 한 여자를 책임져야 하는 이유가 될 수는 없을 것이다.

'그런 게 아니라면?'

혹시 그는 그녀에게 이미 약속을 한 것은 아닐까? 지켜주겠다고.

"전 강한 것을 좋아하지는 않아요. 그러나 절대적인 강함이라면 기꺼이 인정해 줄 수 있어요. 저의 저주받은 운명쯤 간단히 깨부숴 줄 수 있는 그런 절대적인 강함."

"만약 내게 정말로 그런 절대적인 강함이 있어서 당신의 그 저주받았다는 운명을 깨부숴 주면 당신은 나한테 뭘 줄 건데? 시시하게 돈 같은 것 말고."

"저의 모든 것. 목숨까지."

그때 그녀와 주고받은 그 대화에서 비록 명시적인 약속은 아닐지라도 그는 그녀에게 암묵적인 약속을 한 게 아니었을까? 어떤 경우에도 지켜주겠다는.

더욱이 그는 그녀에 대해 공개적으로 선언까지 한 바가 있지 않은가? 내 여자라고. 장난이었다고? 그냥 분위기에 쓸려 가볍게 한번 해본 소리라고? 아니다. 이제 와서 다시 생각해 봐도 그냥 장난이나 분위기에 쓸려 가볍게 뱉은 소리는 아니다. 그것은 그의 진심이었다.

그렇다면 그는 당연한 책임을 져야 하는 것이다. 약속한 것에 대해, 그리고 남자로서 '내 여자'에 대해.

　　　　일본 전체와 전쟁을 치르는 한이 있더라도

아니다.
다 아니다.
책임을 져야 할 이유 따위? 그런 건 다 개뿔이다.
그는 이미 벌써부터 결심을 하고 있던 것이다. 그녀를 구하겠다고. 무슨 일이 있어도 구해내겠다고.
그런 결심을 진즉에 해두고서 그 결심에 걸맞다 싶은 이유를 거꾸로 찾고 있는 것이다.
이유? 구차스럽더라도 굳이 이유가 필요하다면 그 이유는 지극히 간단명료하다.
그가 김강한이고 그녀가 진초희이기 때문이다.
그럼으로써 그는 갈 것이다. 그녀를 구하러 갈 것이다.
그들이 누구이건 간에. 일본 3대 야쿠자 조직이라는 나카야마카이와 전면전을 치르는 한이 있더라도.
아니, 일본 전체와 전쟁을 치르는 한이 있더라도.

　　　　알았다고! 미안하다고! 됐어?

"중산 씨."

김강한의 부름에 중산이 얼른 대답한다.

"예, 대표님!"

"생각해 봤는데… 우리, 일본으로 가자."

김강한이 불쑥 뱉는 그 말에 중산이 설핏 당황스러운 빛이 되었다가 다시 복잡한 표정으로 되더니 조심스럽게 묻는다.

"대표님과 저… 둘이서 말입니까?"

김강한이 가볍게 고개를 끄덕인다.

"응. 나 혼자 갈까도 생각해 봤는데 안 되겠더라고. 우선 말도 안 통하지, 어디가 어딘지 도통 길도 모르지……. 당신은 복잡하게 생각할 것 없어. 그냥 놈들한테까지 안내만 해주면 돼. 어때? 안 되겠어?"

중산이 선뜻 대답을 내놓지 못하고 잠시 생각을 추스르는 모습이고 나서야 무거운 빛으로 말을 꺼낸다.

"죄송합니다만 그건 좀… 아닌 것 같습니다."

김강한이 가볍게 이마에 주름을 만들지만, 이내 피식 웃으며 받는다.

"그렇지? 역시 좀 아닌 것 같지?"

이어 그가 툭 중산의 어깨를 치며 덧붙인다.

"알았어. 그냥 한번 꺼내본 말이니까 잊어버려."

순간이다. 중산이 마치 반발이라도 하듯이 사뭇 격앙된 투로 버럭 되받는다.

"그런 뜻이 아닙니다! 고작 통역이나 하고 안내나 해드리는 역할이라면 하지 않겠다는 겁니다!"

김강한이 짐짓 기가 눌린 시늉으로 듣고만 있는데, 중산의 사뭇 결기에 찬 목소리가 이어진다.

"아가씨를 구해내는 일에 저도 기꺼이 한목숨 걸겠다는 겁니다!"

"그래, 알았어. 미안해."

김강한이 수그러든 목소리로 슬그머니 받아준다. 그런데 말해놓고 보니 미안할 일까진 또 아닌 것 같아서 그가 다시 '툭!', 아니, 그것보다는 좀 더 감정을 실어서 '픽!' 중산의 어깻죽지 어림을 갈기며 그 역시 사뭇 결기까지 담아서 말한다.

"알았다고! 미안하다고! 됐어?"

그 이름으로 하는 것이 마땅하다

김강한이 느닷없이 중산과 둘이서만 일본으로 가겠다는 데 대해 이철진은 강하게 만류한다. 그러나 김강한의 태도가 강경하고, 그런 이상 누가 말린다고 들을 성격이 아님을 익히 아는 까닭에 이내 만류하기를 포기한다.

대신 이철진은 현실적인 대안으로 밀항을 제시한다. 일본으로 가는 밀항 편을 마련해 주겠다고. 자세한 설명을 들을 것도 없이 김강한은 간단히 수긍한다. 이철진의 심중에 대해 대강을 짐작해 보는 것이 어렵지는 않은 때문이다.

항공편이나 배편으로 일본을 가려면 여권이 필요하다. 그렇다면 문제는 조상태의 여권으로 갈 것이냐, 아니면 본래 신분의 여권으로 갈 것이냐 하는 것이다. 그러나 그가 원래 신분의 노출을 꺼리며, 또한 이 모든 문제가 조상태의 이름을 가지고 얽힌 일이니 그것을 푸는 일 또한 그 이름으로 하는 것이 마땅하다는 생각이리라는 것은 이철진으로서도 익히 짐작할 법하다. 다만 조상태의 신분은 역시 껄끄럽다. 여권을 만들고 사용하는 과정에서 가짜임이 밝혀지기라도 한다면 또 다른 여러 가지 번거롭고 곤란한 상황이 돌출될 것이니 말이다.

도대체 그녀가 뭐라고!

이철진의 당부가 늘어진다. 일본에서 주의해야 할 사항과 절대 해서는 안 될 행동들에 대한 간곡한 당부다. 그의 신신당부는 김강한에게 하는 것으로 모자라 중산에게까지로 이어진다.

"조 대표가 혹시 무모한 행동을 하려고 하면 중산 씨가 무슨 수를 써서라도 말려야 하오. 목숨을 걸고라도 말이오."

김강한이 짜증을 내려다가는 차라리 실소하고 만다. 이건 그를 보기를 철없는 사춘기 불량아쯤으로나 보나 싶다. 그리고 중산이 이미 진초희를 구하는 일에 목숨을 걸겠다고 했거

늘, 이제 와서 또 다른 일에 목숨을 걸라니? 중산은 목숨이 몇 개라도 된다는 말인가? 어쨌거나 그리고도 여전히 걱정이 남았는지 이철진의 당부가 계속 이어지고 있다.

"일단 초희 씨의 소재를 파악하게 되면 무작정 서둘거나 직접 해결해 보겠다고 경솔하게 부딪칠 생각은 절대로 해서는 안 되오. 곧바로 내게 연락을 하시오. 그럼 내 약속하건대, 아니, 목숨 걸고 맹세하건대 무슨 수단을 써서라도, 그 어떤 짓을 해서라도 그녀를 구할 방법을 찾아보겠소. 반드시!"

김강한이 다시금 실소를 머금지 않을 수 없다. 이철진마저도 목숨을 걸겠다니. 나중에 그녀가 알게 되면 감동해서 눈물이라도 흘릴 일이다. 자기를 위해 목숨을 걸겠다는 사람이 이렇게나 많으니 말이다.

그러나 우습지는 않다. 괜스레 비장하기까지 하다. 그로서야 이미 그녀에 대해 책임을 지기로 한 것이고, 그 이유에 대해서도 구차스러우나마 명백하게 정립을 해놓은 바다. 그렇지만 이들은 왜? 도대체 그녀가 뭐라고!

제4장

—

명분

조력자

김강한과 중산은 오사카에 도착한다.

나카야마카이의 본거지는 요코하마이지만 인근 도쿄까지를 주요 세력권으로 두고 있다. 그러나 요코하마나 도쿄로 곧장 쳐들어가는 것은 그들이 아무리 무작정 일본에 왔다고는 해도 지나치게 무모하다. 그래서 일단은 오사카로 온 것이다.

사실은 오사카에서 조력자를 구해보기 위함도 있다. 중산의 말로는 진초희의 아버지 진일남과 생전에 교분을 가지고 있던 야쿠자계의 원로가 한 사람 있단다. 두 사람은 같은 재일 동포로 어릴 때부터 친구였는데, 비록 각자 야쿠자 세계에 발을 들이면서부터 서로의 소속은 달라졌지만―야쿠자 세계에서 소속이 달라졌다는 건 친구로 되긴 어렵고 적이 되긴 쉬운 그런 의미란다―서로 굳이 드러내지는 않았더라도 두 사람 사이의 교분은 꾸준히 이어져 왔다고 한다.

야나가와 세이겐. 한국 이름으로는 양지환.

그는 결코 보통 사람이 아니란다. 일본 야쿠자 조직의 최대 파벌인 야마구치구미가 한창 세력을 키우던 시절, 휘하의 전위 조직을 이끌며 가장 전투적이며 잔인하고 폭력적인 활동으로 일본 전역을 떨게 만든 인물이란다. 특히 겨우 일곱 명의 조직원을 데리고 백여 명 규모의 상대 조직에 돌입하여 피바다를 만들어 버린 일은 야쿠자 세계에서도 사상 최악의 전투로 회자되며 전설처럼 전해 내려온다고 한다.

그러든가 말든가!

야나가와 세이겐, 양지환의 첫인상은 의외로 평범하다. 주위에서 그냥 흔히 볼 법한 평범한 노인의 모습이다. 다만 빤히 들여다보는 듯한 눈빛이 꼬장꼬장해 보일 뿐, 그 이상의 무슨 전설이니 뭐니 할 만한 느낌은 전혀 없다. 그래도 중산이 아주 공경에 공경을 더하는 태도이니만큼 김강한이 어정쩡하게 뒤에 서서 구경이나 하고 있을밖에.

양지환으로서도 김강한에 대해 딱히 인사다운 인사도 없이 뒤쪽에 멀뚱히 서 있는 모습이 거슬리는 모양이다. 힐끗 던지는 시선이 곱지가 않다.

'그러든가 말든가.'

사실 오사카행에 대해서는 김강한이 여전히 영 마뜩하지가 않다. 괜히 일을 복잡하게 만들 것 없이, 시간 낭비 할 것 없이 곧장 요코하마로 가자는 생각이었다.

만약 그가 물설고 낯선 데다 말까지 통하지 않는 형편이라 중산의 뒤를 졸졸 따라다닐 수밖에 없는 처지가 아니었다면, 양지환의 도움이 절대적으로 필요하다고 중산이 아무리 입 아프게 주장하더라도 간단히 무시하고 그의 생각대로 밀어붙였을 것이다.

그런데 이제 눈빛만 살아서 꼬장꼬장해 보이는 양지환을 대하고 보니 역시나 괜히 여기까지 따라왔다 싶다. 당장에라도 중산의 뒷덜미를 확 낚아채서 이곳을 나가야지 하는 생각이 울컥울컥 치민다. 다만 중산이 지극히 공손한 태도로 정성을 다하는 모습이니 차마 당장에는 그러지 못하고 있는 중이다.

대표님이고 나발이고

한동안 중산의 얘기를 듣기만 하던 양지환이 두 눈을 감고 잠시 생각에 잠기는 모습이더니 잠시 후 천천히 입을 연다. 중산이 나지막한 소리로 동시통역에 들어간다.

"알다시피 나는 은퇴한 지 이미 오래되었네. 늙어 이빨 빠진 호랑이 처지인데, 내게 무슨 힘이 있겠는가? 야마구치구미쪽에다 도움을 요청해 달라는 부탁인 것 같은데, 그것 역시도 내 능력 밖의 일일세. 지금의 야마구치구미 간부들과는 이렇다 할 교류도 없고 당연히 영향력이라고 할 것도 없네."

이어 중산이 역시나 김강한을 위한 통역을 병행하면서 양지환의 말을 받는다. 조심스러운 이의 제기다.

"선생께선 예전 오사카의 중소 조직에 불과하던 야마구치구미를 오늘날 일본 제일의 조직으로 만들어내는 데 결정적인 헌신을 하신 분입니다. 그런데 아무리 연로하시다고 해도 조직에 아무런 영향력이 없다고 하시는 그 말씀은 송구하지만… 믿기 어렵습니다."

"그게 또 얘기가 그렇게 되나? 헐헐!"

양지환이 가볍게 웃더니 짐짓 흔쾌한 투가 된다.

"좋아, 그럼… 군이 애를 써보자면 몇몇의 아는 안면 정도는 찾을 수도 있겠다는 정도로 해두지. 그러나 그쪽의 부탁은 여전히 들어주기 어려워. 잘 알고 있겠지만 나카야마카이와 야마구치구미 간의 관계가 그렇게 좋은 편은 아니잖아? 그리고 나카야마카이라면 아무리 야마구치구미라고 해도 함부로 간섭할 수 있는 것도 아니고 말이야."

그 대목에서는 김강한이 확 치미는 게 있어서 중산을 향해
나직이 뱉는다.

"가자."

중산이 크게 당황해한다.

"대표님!"

그러나 김강한이 이제 더는 참기 어렵게 된 뒤다.

"대표님이고 나발이고 간에 그만하고 가자고! 아예 도울 생
각 자체가 없는 양반한테 구차스럽게 뭘 자꾸 쩍자를 붙이려
고 해? 그러게 처음부터 여기를 왜 오냐고? 내가 곧장 요코하
마로 가자고 했잖아?"

김강한이 이윽고는 버럭 소리를 지르는 통에 중산이 어떻
게 할 엄두를 내지 못하고 전전긍긍하는 모습으로 되고 만다.

젊은 친구가 제법 성질머리가 있네?

"요코하마로 가겠다고? 그대 둘이서?"

김강한에게 물은 사람은 양지환이다. 그런데 일본말이 아니
다. 한국말이다. 비록 억양이나 발음이 어눌하기는 해도 김강
한이 알아듣는 데는 별 지장이 없다.

'제기랄!'

그 소리가 입 밖으로 튀어나오려는 걸 김강한이 애써 되삼
킨다. 어쨌든 노인을 향해 뱉을 말은 아니기에. 그렇지만 참

고약한 노인네다. 한국말을 할 줄 알면서 왜 진작부터 하지 않고 중산이 일일이 통역을 하는 동안에도 시침을 뚝 떼고 있었단 말인가?

어쨌든 김강한이 양지환의 물음에 곱게 대답을 해줄 마음은 아닌데, 그런 터에 중산이 감히 대신해서 대답을 하고 나설 타이밍도 아니다. 양지환이 잠시 대답을 기다리는 시늉이더니 가볍게 고개를 가로저으며 다시 말을 꺼낸다.

"그런 무모한 생각일랑 아예 말게. 괜한 혈기를 부리다가 가치 없이 목숨을 버리기에는 아직 젊은 청춘들이 너무 아깝지 않겠나?"

김강한이 대거리를 할 마음은 여전히 생기지 않지만 반발은 생긴다. 도와줄 것도 아니면서 뭔 상관이란 말인가? 어릴 때부터 친구이며, 같은 재일 동포이며, 또 꽤나 대단한 인물이었다면서 말이다. 물론 그가 이미 늙은이가 된 처지로, 또 자신이 평생을 담은 조직의 이익에 반하면서까지, 그럼으로써 또 어쩌면 자신의 늙은 목숨이 위태로워질 수도 있는 일에 대해 기꺼이 그들을 도와줘야 할 이유는 없을 것이다. 그런 데 대해 동의를 하면서도 그래도 가져보는 반발이다. 그렇더라도 김강한이 역시나 노인에게 험한 소리는 할 수 없어서,

"내 말 못 들었어? 가자니까 뭘 자꾸 꾸물대고 있어?"

하고 중산을 향해 버럭 뱉고는 매몰차게 몸을 돌리며 성큼 걸음을 내딛는다. 그런 통에 중산만 이러지도 저러지도 못하

여 죽을상이 되고 만다. 그때다.

"헐헐! 젊은 친구가 제법 성질머리가 있네?"

양지환이다. 사람 뒤통수에 대놓고 성질 더럽다는 소리를 하는 데야 김강한이 힐끗 돌아보며 인상을 찡그리는데, 양지환은 오히려 느긋한 미소를 떠올려 놓고 있다.

이 사람이 뭘 잘못 먹었나?

"하긴 나도 젊어서 성질 고약하다는 소리 좀 듣긴 했지. 그래서 그런지 자네처럼 혈기 방장한 젊은 친구를 보면 괜히 흥미가 동한다는 말이야?"

양지환이 빤히 김강한을 쳐다보는데, 그 눈빛에서 정말로 잔뜩 흥미롭다는 빛이 반짝이는 것만 같다. 그렇게 잠시 틈을 두었다가 그가 다시 불쑥 뱉는다.

"이봐, 맹랑한 친구! 어때? 우리 간단하게 내기 한번 해볼까?"

김강한이 문득 혼란스럽기까지 하다. 맹랑하다는 말에 담긴 거침없음에, 그리고 또 갑자기 내기를 하자는 생뚱맞음에.

'노인네가 이제 보니 치매기가 좀 있나?'

김강한이 그런 생각까지 해보는데, 양지환이 다시 말을 잇고 있다.

"어쨌거나 멀리 한국에서 날 찾아와 준 손님인데 이렇게 그냥 보내면 내가 너무 각박하다고 욕을 먹을 수도 있는 문제 아닌가? 그러니 간단한 내기를 해서 내가 이기면 자네들을 그냥 보내도 욕을 먹진 않을 테고, 만약 자네가 이기면, 흠, 내우동 한 그릇씩 사줌세. 아, 기껏 우동이냐고 하진 말게. 오사카에서 제일 맛이 깊다고 정평이 난 가게로 모실 테니까 말이야."

이건 또 무슨 실없는 소리인가? 김강한이 내심 코웃음을 치는데, 중산이 꾸벅 허리를 숙인다.

"감사합니다, 어르신!"

김강한은 차라리 어이가 없다.

'이 사람이 뭘 잘못 먹었나? 감사하다니, 뭐가 감사해? 내기에 응하겠다고? 누가? 지가?'

그러나 김강한이 뭐라고 화를 낼 틈도 없이 양지환이 곧장,

"좋아, 그럼 따라들 오게!"

하고는 팔을 휘적거리며 앞장을 선다. 중산이 얼른 김강한에게로 붙어 서며 속삭인다.

"죄송합니다, 대표님."

그 소리에는 김강한이 새삼 버럭 화가 치민다. 그 눈치를 챘는지 중산이 급하게 말을 주워섬기는데, 두서가 없긴 하지만 그 대강을 정리하자면 '양지환 정도의 인물이 고작 우동한 그릇을 걸고 내기를 하자고 하는 데는 뭔가 다른 뜻이 있는 겁니다.'라는 정도가 되겠다. 김강한이 이윽고는 차라리 마

음을 비운다. 대신 그 한구석에 꽁한 옹심을 쟁여둔다.

'뭔가 다른 뜻? 그런 거 없기만 해봐라!'

이따위 괴상한 내기

서너 평 정도 되는 넓이의 다다미방 가운데에 양지환이 단정히 무릎을 꿇고 앉아 있는데, 일본도 한 자루가 칼집째 그 무릎 위에 놓여 있다. 그런 그에게서는 지금 차갑고도 무겁게 가라앉은 기세가 풍겨나고 있어서 좀 전의 그와는 전혀 다른 사람인 듯하다.

"내기는 아주 간단하네. 나는 이 칼로 자네의 미간을 겨눌 텐데, 물론 겨누기만 할 뿐 정말로 찌르는 것은 아닐세. 다만 이 칼이 자네의 미간에 닿기 전까지 자네가 피하지 않고 버텨내면 자네가 이기는 것이고, 자네가 버텨내지 못하면 내가 이기는 걸세."

양지환의 목소리가 차분하다.

김강한은 새삼 회의가 생긴다. 왜, 도대체 그가 왜 이따위 괴상한 내기를 해야 하는가 말이다. 힐끗 중산을 보니 중산도 그를 보고 있다. 그런데 한 번 깜빡이지도 않는 중산의 눈에 뜨거운 열망 같은 게 떠올라 있는 것만 같다. 마치 이 내기를 해야만 하고, 또 이겨야만 진초희를 구할 방법이 생긴다는 믿음을 가지고 있는 것처럼. 그리하여 그가 그 열망과 믿음에 부응하지 않으면 가차 없는 원망과 비난을 퍼부을 것처럼.

김강한은 가볍게 내심의 실소를 뱉는다. 그러거나 말거나, 원망과 비난을 퍼붓거나 말거나 다시 생각해 봐도 그가 이따위 괴상한 내기를 해야 할 이유는 도무지 없다. 그런데 그때다.

"어떤가?"

양지환의 가라앉은 목소리다. 그리고 순간 김강한은 '제기랄' 하는 소리를 또 입 밖으로 뱉을 뻔했다. 어떠냐고? 과연 내기를 할 거냐고, 할 수 있겠느냐고 묻는 소리로 들려서이다. 이윽고 그의 마음이 정해진다. '이따위 괴상한 내기'지만, 기왕에 이렇게 되었으니 한번 해보는 것으로.

치열한 살기

스르릉!

하얗게 빛나는 도신이 칼집을 빠져나와 온전히 모습을 드러낸다. 그리고 천천히 김강한의 미간을 겨누어온다.

칼끝, 그 첨단(尖端)에 날카로운 예기가 하나의 점으로 응축되더니 천천히 다가오는 중의 한순간에 그것은 이윽고 치열한 살기로 화한다.

더욱이 칼을 들고 있는 사람이 한때 가장 잔인하고 가장 폭력적인 인물이었으며, 사람 죽이는 일쯤 조금도 대수로울 것이 없었다는 인물이라는 데서는 이윽고 머리끝이 삐죽이 솟는다.

엄청난 압박과 위기감, 절박한 공포다.

어찌 괘씸하지 않겠는가?

김강한은 힐끗 곁눈질로 중산을 본다.

곧바로 확 찌르고 들어올 기세의 도극(刀極)을 코끝에 마주하고 있는 중에 그가 감히 그런 여유를 부려보는 것은 결코 대범하거나 간담이 커서는 아니다. 오로지 외단 덕분이다. 미간을 중심으로 밀착되어 겹겹의 초박층(超薄層)을 형성하고 있는 무형의 방벽이 그나마 주는 여유다.

중산은 두 주먹을 꽉 움켜쥐고서 잔뜩 굳어 있는 모습이다. 칼끝을 마주하고 있는 그보다 오히려 더 긴장과 공포에 질려 있는 것 같다. 김강한은 불쑥 괘씸하다. 중산이 하고 있는 모양새를 보면 지금 이 상황이 위험하단 걸 스스로도 절감하고 있다는 것인데, 그런데도 이 낯설고 물선 땅에 오직 저 하나 믿고 온 그를 이런 지경으로 몰아넣는단 말인가? 그래 놓고는 그저 두 주먹이나 움켜쥐고 있으니 어찌 괘씸하지 않겠는가?

이제 칼 정도는……!

칼끝은 이제 그의 미간에 닿을 듯 말 듯하는 정도까지 다가와 있어서 김강한은 미간이 따끔거리는 듯한 느낌마저 받고 있는 중이다.

그렇지만 두려운 것은 아니다. 그는 믿는다. 다만 '따끔거리는 듯하다'는 것이지, 실제로 그런 것이 아님을 믿는다.

또한 그는 믿는다. 외단을 믿는다. 지난번 총상 이후 외단은 또 한 번의 진보를 이룬 바 있다. 그것이 그가 여실히 느낄 수 있을 만큼의 진보였기에 그는 믿어보기로 한다.

'비록 총알은 여전히 막을 수 없을지라도 이제 칼 정도는……!'

이마에 우동을 아는가?

이윽고 칼끝이 살갗에 닿고 있다. 아주 미미하게, 마치 살갗의 솜털을 건드리듯이. 물론 그럼에도 살갗이 아닌 외단이 형성하고 있는 초박층의 방벽에 닿은 것이겠지만.

'그래도 이건 아니지 않는가? 칼끝이 미간에 닿기 전까지 피하지 않고 버텨내면 되는 조건이지 않았나?'

찰나의 생각들이 그런 판단으로 귀결되고, 그런 데는 김강한이 더는 참지 않기로 한다. 그런데 그가 단호하게 칼끝을 쳐내려 할 때다. 칼끝이 뒤로 쓱 물러난다.

"휴우~."

참고 참은 것처럼 긴 숨을 몰아 내쉰 것은 중산이다.

"이마에 우동을 아는가?"

양지환이 빙그레 웃으며 중산에게 묻는다.

"예, 압니다."

"아직 점심 먹기에는 이르니 나중 정오쯤에 그리로 오게."

양지환의 그 말에는 중산이 깊숙이 허리를 숙이는 것으로
대답을 대신한다.

가소로운 반항

"여기가 어디야?"

김강한이 찡그린 얼굴로 묻는다.

"도톤보리라는 곳입니다."

중산이 대답하는 중에 퉁명스러운 기색을 굳이 감추지 않
는다. 그의 계속된 설득에도 불구하고 김강한이 자신은 우동
을 안 좋아한다느니 그러니까 쓸데없는 짓거리 그만하고 곧장
요코하마로 가자느니 하며 계속해서 어깃장을 놓고 있는 데
대한 반응이다.

"그러니까 여기를 왜 왔냐고?"

"도쿄로 가는 차를 타려고요."

"도쿄? 왜 도쿄야? 요코하마로 가자니까?"

"요코하마를 가려면 도쿄를 거쳐서 가는 게 빠르고 편리하
니까요."

"그래? 근데… 여기서 도쿄로 가는 차 타는 거 맞아? 여긴

무슨 관광지처럼 보이는데?"

"여기서 가까운 곳에 도쿄행 차 타는 곳이 있습니다. 그리고 여기 관광지 맞습니다. 오사카에서 가장 유명한 관광지입니다. 당연히 맛집도 많고요."

"맛집? 갑자기 맛집 얘기가 왜 나와? 지금 나랑 장난하자는 거야?"

"장난 아닙니다. 대표님은 괜찮으신지 몰라도 전 지금 배가 너무 고파서 당장 뭐라도 좀 먹지 않으면 쓰러질 것 같습니다. 제가 쓰러지면 도쿄도 요코하마도 못 가지 않겠습니까?"

"뭐야?"

그렇게 두 사람이 사뭇 날 선(?) 말을 주고받은 끝에 중산이 이윽고는 입을 꾹 다문 채로 걸음에 속도를 내며 앞장서서 걷기 시작한다.

그 가소로운 반항에는 김강한이 실소가 나오지만 어쩌랴? 중산이 틀고 나온다면 당장 답답해지는 건 그인 것을.

물론 중산이 없다고 해서 당장 죽으란 법은 없을 것이다. 이 없으면 잇몸으로 산다고 하지 않던가? 그러나 기왕이면 잇몸보단 이가 좋지 않겠는가?

그런 계산 끝에 김강한이 이 정도 선까지는 일단 봐주기로 한다. 턱없는 반항에 대한 응징은 나중에도 얼마든지 할 기회가 있을 테니까. 그리고 다른 것도 아니고 배가 고프다고 하지 않는가? 그것도 너무 고파서 당장 뭐라도 좀 먹지 않으면 쓰러질 것 같다지 않는가?

우리나라 사람들

앞장서서 걷고 있던 중산이 멈칫 선다. 그 바람에 김강한이 덩달아서 멈추고 보니, 앞쪽에 일단의 사람들이 몰려 있다.

싸움이다, 아니, 일방적인 폭행이다. 중년의 남자와 중학생 쯤으로 보이는 소년이 건장한 체격의 청년 둘에게 일방적으로 맞고 있다.

중년 남자와 소년은 공포에 질려 감히 대항조차 하지 못하는 모습인데, 청년들의 주먹에 무차별적으로 맞고 발에 걸어차이는 중에도 중년 남자가 소년을 몸으로 감싸는 모습에서 그들 두 사람은 부자지간인 것 같다.

그런데 주변에 이십여 명의 사람들이 그 광경을 보고 섰지만, 누구도 그 무차별적인 폭행을 말리거나 도움을 주려 하지 않고 그저 구경꾼 노릇만 하고 있다. 심지어 몇몇은 휴대폰으로 촬영까지 하고 있다.

"저 사람들, 왜 저래? 왜 아무도 안 말리지? 경찰에 신고라도 해야 하는 거 아냐?"

김강한이 찡그린 얼굴로 중산에게 묻는다.

"야쿠자 같습니다."

폭행을 가하고 있는 청년들을 눈짓하며 중산이 말한다. 그러고 보니 청년들의 팔에 울긋불긋한 문신이 보인다. 그런데 야쿠자라는 말에 김강한의 표정이 설핏 심상치 않아지는 걸 보고 중산이 얼른 말을 보탠다.

"이곳 도톤보리는 관광지이기도 하지만 유흥가가 몰려 있는 곳이기도 합니다. 술집과 빠칭코도 굉장히 많고 심지어 성매매까지 이뤄지는 곳이니만큼 당연히 야쿠자들도 있습니다. 그런 까닭에 이런 소란도 드물지 않게 벌어지곤 하지요."

중산의 얼굴에 벌써부터 떠올라 있는 우려가 무엇에 대한 것인지를 알기에 김강한은 애써 충동을 누른다. 구차스러운 핑계이겠지만, 어쨌든 남의 나라이고 남의 나라 사람들 일인 것이다. 그런데 그때다.

"도와… 주세요! 누구… 경찰에 신고 좀… 해주세요!"

한국말이다. 구타를 당하는 중에 중간중간 끊어지는 소리로 절박하게 외치는 그 말은 분명한 한국말이다.

"저 사람들, 우리나라 사람들이잖아?"

김강한이 소리치는 바람에 중산이 멈칫하고 마는데, 그런 틈에 김강한이 성큼 앞으로 나아가고 있다.

분노

"한국 분이세요?"

김강한이 묻는 말에 중년 남자가 애원하듯이 외친다.

"예! 제발… 저희 좀… 도와주세요!"

그러자 그 두 명의 야쿠자가 멈칫 폭행을 멈추며 날카롭게 김강한을 노려본다. 그렇게 김강한이 폭행을 당하고 있는 남자에게 말을 거는 것만으로도, 더욱이 그것이 한국말이라는 데서 그들에게는 미처 생각지 못한 간섭인 모양이다. 이어 야쿠자들은 빠르게 서로 눈빛을 주고받는가 싶더니 슬슬 뒷걸음질을 치기 시작한다. 김강한을 시작으로 주변의 또 다른 한국인들이 가세할 것을 우려해서인지, 어쨌든 사태가 예상 밖의 상황으로 번질 조짐을 경계하여 이쯤에서 현장을 빠져나가려는 것으로 보인다.

"이 새끼들이……?"

김강한이 나직이 씹어뱉는다. 안 그래도 야쿠자라는 족속에 대해서는 악감정이 있는 터다. 그런데 이제 나라 밖에서 동포가 야쿠자에게 일방적이고도 무차별적인 폭행을 당하는 걸 보고는 이윽고 분노가 폭발하고 만다. 다음 순간 김강한이 가볍게 움직이는가 싶은데, 어느 틈에 야쿠자들의 뒤를 바짝 따라잡고 있다. 보결이다.

픽!

퍼억!

둔탁한 소리와 함께 놈들이 가랑잎처럼 땅바닥으로 나동그라진다. 김강한이 손바닥으로 놈들의 머리통을 한 대씩 후려갈긴 것이다. 놀란 중산이 황급히 달려온다. 그러나 그가 미처 당도하기도 전에 김강한이 다시 쓰러진 놈들의 발목 어림을 질끈질끈 밟는다.

우둑!

우두둑!

뼈마디 부서지는 소리와 함께,

"악!"

"큭!"

참담한 비명 소리가 터져 나온다. 놈들이 발목을 감싸 안고 고통스럽게 바닥을 뒹군다.

횡포

중산의 얼굴이 한껏 일그러진다. 그토록 걱정했건만 김강한이 기어코 사달을 만들고 만 것이다. 그런 중에도 김강한은 거침이 없다. 한 손에 한 놈씩 놈들의 머리채를 잡아채서는 그 한국인 부자에게로 질질 끌고 간다.

중산은 차라리 그냥 지켜보기로 한다. 이미 주워 담기엔 늦었다. 당장 자리를 피하는 게 상책이겠지만, 그가 겪어본 바 김강한의 성질로 볼 때 말을 듣지 않을 것이 분명하다. 차라리 일단은 성질대로 하게 두었다가 어느 정도 진정이 되었을 때 구슬리는 게 오히려 효과적일 것이다.

"꿇어, 새끼들아!"

한국인 부자 앞에다 놈들을 팽개치고 김강한이 나직이 뱉는 말을 중산이 재빨리 통역한다. 그러나 발목뼈가 부러진 고통 때문인지, 혹은 와중에도 일말의 자존심이 남은 때문인지 놈들이 일시 멈칫거리는 모양새다. 김강한이 곧장 다가서며 놈들의 부러진 발목 부위를 한 번씩 더 질끈 밟아준다.

"으아악!"

"끄아악!"

놈들이 화들짝 소스라친다. 그리고 김강한이 다시 한번 더 밟아줄 기세를 보이자, 놈들이 번개처럼 몸을 굴려서 무릎을 꿇는다. 극한의 공포심에 질려 골절의 고통마저도 망각한 것이리라.

"이분들께 사죄해!"

김강한의 명령에 이은 중산의 통역에 놈들이 곧장 합창한다.

"고멘나사이!"

그러나 김강한이 곧장 놈들의 뒤통수를 후려갈긴다.

퍽!

퍼억!

약간의 내력까지 가미되었으니 놈들은 그야말로 눈앞에 별이 번쩍거리고 골이 횅할 것이다.

"알아듣게 말해, 새끼들아! 제대로! 한국말로!"

이쯤 되면 횡포다. 김강한의 그런 횡포에는 중산도 당혹스럽다. 저 야쿠자들로서야 일본말로 하는 게 당연할 터인데, 그걸 두고 한국말로 안 했다고 다짜고짜 머리통을 후려갈기다니……

죄송합니다!

"제송… 하모… 니다!"

중산의 가르침(?)을 따라 놈들의 입에서 어눌한 한국말이 나온다. 그러나 김강한이 다시금 가차 없이 놈들의 뒤통수를 후려갈긴다.

퍽!

퍼억!

"똑바로 못 해?"

놈들이 쓰러질 듯이 휘청 앞으로 고꾸라졌다가는 재빨리 원래의 자세로 돌아온다. 그러고는 두 손을 모으며 연신 머리를 조아린다. 중산이 고개를 절레절레 흔들지만, 놈들에게 다시금 시범을 보인다.

"죄송합니다!"

야쿠자들이 바짝 곤두선 채로 따라 한다.

"죄… 송합니다!"

놈들의 발음이 확 좋아진다. 그러자 김강한의 명령이 추가된다.

"지금부터 '죄송합니다' 한 번에 바닥에 대가리를 한 번 찍는다! 실시!"

중산이 재빠르게 몸짓까지 섞어가며 통역하자 놈들이 곧장 실행에 들어간다.

"죄송~ 합니다!"

쿵!

놈들의 외침과 액션이 제법 괜찮다 싶다. 그러나 이번에도 여지없이 놈들의 뒤통수에 불이 난다.

픽!

퍼억!

"사죄의 진심과 성의가 보이지 않잖아?"

놈들이 외치는 소리와 바닥에 찧는 세기가 대번에 커지고 강해진다.

"죄송~ 합니다!"

쿵!

"계속!"

김강한의 독려에 놈들의 외침과 액션이 더욱 커지고 빨라진다.

"죄송~ 합니다!"

쿵!

"죄송~ 합니다!"

쿵!

이제는 가서야 합니다!

이윽고 놈들의 이마에서 핏기가 비치는 걸 보고 중산이 조심스럽게 김강한을 말린다.

"대표님, 이제 그만하십시오. 이러다 경찰이라도 오면 일이 복잡해집니다. 우리가 오히려 가해자가 됩니다."

중산의 그 말에는 김강한도 굳이 어깃장을 놓지는 않는다. 어느 정도 분기가 풀린 뒤이기도 하다.

"고맙습니다! 정말 고맙습니다!"

한국인 부자의 아버지가 몇 번씩이나 허리를 숙여 감사를 표하다. 그런 아버지의 모습에 그 아들이 덩달아서 머리를 숙이는데, 마음이 급해진 중산이 김강한의 팔을 잡아끈다.

"대표님, 이제는 가서야 합니다!"

계속 그따위로 놀면

"참 안타까운 일입니다."

중산이 불쑥 뱉는 말을 김강한이 시큰둥하게 받는다.

"뭐가?"

"아까 그 야쿠자들 말입니다."

"그 새끼들이 뭐가 안타까워?"

"그게 그 야쿠자들만의 문제가 아닙니다."

"뭐야? 왜 쓸데없이 말을 빙빙 돌리고 그래? 말하려는 요지가 뭔데?"

김강한의 타박에 중산이 멋쩍어하면서도 차분하게 다시 말을 이어간다.

"최근 일본 사회가 급격하게 보수 성향이 강해지면서 사회 일각에서는 노골적인 혐한 정서가 번지고 있는 중입니다. 아까 그 야쿠자들도 그렇고, 또 누구 하나 말리지 않고 구경만 하던 주변 사람들도 혹시 그런 영향 때문이 아닌가 싶어서 해보는 말입니다. 정말 안타깝고도 심각한 일이죠. 두 나라 간에 극복하기 어려운 갈등의 역사가 있다는 건 분명하지만, 그러나 가장 가까운 이웃끼리 언제까지나 서로 반목하고 증오만 반복한다면 결국 두 나라 국민 모두에게 불행한 일이 되지 않겠습니까?"

"어쨌든 그게 다 일본 때문이잖아? 잘못한 쪽에서 먼저 진정으로 사죄하고 나와도 용서가 될까 말까 한데, 이 빌어먹을 나라는 도대체가 말이야. 아니, 방귀 뀐 놈이 성낸다고, 지들이 도대체 무슨 염치로 혐한이니 뭐니 하는 짓거리냐고?"

"그렇긴 하지만, 그래도 양국의 모두가 갈등 해소를 위한 근원적인 노력을 해야만 하는 거죠. 공동의 이익과 행복을 위해서 말입니다."

"무슨 그런 말이 다 있어? 지들이 사죄부터 해야 되는 거지,

어떻게 우리가 노력을 먼저 해? 사람이 감정이 안 풀리는데, 무슨 이익이고 행복이야? 뭐? 험한이라고? 아주 양심에 털 난 놈들이잖아? 맘대로 하라고 그래! 지들끼리 험한을 하든가 지랄을 하든가! 계속 그따위로 놀면 우리도 일본 따위 아예 무시해 버리면 그만인 거지!"

김강한이 제풀에 열을 받고 만다.

지네 동네라 이거야?

김강한과 중산은 화려한 조명과 간판이 즐비한 식당가로 들어서 있다.

식당 중에는 전통을 강조하듯이 가게 입구에서부터 고풍스럽게 장식한 가게도 있고, 또 가게 앞에 열 명이 넘는 손님이 줄을 서서 기다리고 있는 광경도 몇 군데 보인다.

그런데 중산은 그런 곳에는 눈길도 주지 않고 성큼성큼 지나치더니, 이윽고 어느 좁은 골목 안으로 불쑥 들어선다. 그런데는 김강한이 기어코 짜증이 터지고 만다.

"사방에 식당 천지구만, 어딜 자꾸 가?"

그러나 김강한의 짜증에도 중산은 사뭇 꿋꿋하게,

"조금만 더 가면 됩니다."

하고는 계속 골목 안으로 들어간다. 그런 모습에는 김강한이 차라리 어이가 없다. 평상시 그의 한마디면 일절 군말 없이 순종하던 중산인데, 일본에 와서는 사람이 영 이상해져서 한 번씩 이렇게 대책 없는 고집을 부리곤 한다.

'지네 동네라 이거야?'

속으로 투덜거리면서도 김강한은 중산의 뒤를 바짝 따라 붙을 수밖에 없다. 이처럼 복잡하고 붐비는 곳에서 자칫 혼자 떨어져 길이라도 잃게 되면 그 무슨 창피며 또 무슨 곤란을 당하게 될지 모르니 말이다.

정말이지?

골목 안으로 조금 더 들어가자 방금 전까지 골목 바깥의 화려함과는 대비되는 작고 소담스러운 정원과 고풍스러우면서도 아담한 일본식 건물이 문득 나타난다.

김강한은 새삼스레 불쑥 화가 치민다. 일본어로 된 간판이나 팻말 따위를 읽을 수는 없어도 딱 보기에 우동을 파는 가게인 까닭이다. 분명 우동을 안 좋아한다고 미리 말을 했음에도 기어코 그를 우동 가게로 데리고 온 것이다. 그리고 다시 퍼뜩 생각되는 게 있다.

'혹시……?'

그리고 그 미심쩍음은 이내 단정적으로 된다. 앞뒤의 정황을 잠깐만 맞추어보면 분명히 그렇다.

'이 사람이 지금……?'

이건 명백한 반항이다.

"중산, 당신 정말 이럴 거야?"

김강한이 중산을 쏘아보며 가라앉은 목소리로 가감 없는 분노를 뱉어낸다. 그러자 중산이 곧장 허리를 구십 도로 접는다.

"대표님, 죄송합니다! 그러나 이번 한 번만은 제발 제 뜻대로 좀 따라주십시오!"

그 간절하고 절실하기까지 한 호소에는 김강한의 화가 한 풀 꺾이지 않을 수 없다.

"아까 그 양반… 이름이 뭐라고 했지?"

"야나가와 세이겐입니다!"

"그거 말고 한국 이름 있잖아?"

"양지환입니다!"

"그래, 그 양지환이란 양반이 정말로 무슨 도움을 줄 거라고 확실히 믿는 거야?"

중산이 차분한 기색으로 돌아오며 대답한다.

"지금 당장은 아닐 수 있습니다. 그러나 그분이 이런 자리를 마련했다는 자체가 아주 귀한 기회라는 생각입니다."

"기회?"

"그렇습니다. 지금 당장 도움을 받지 못할지라도 나중에 다시 도움을 받을 수 있는 명분을 만들어두는 것이기 때문입니다. 대표님과 제가 앞으로 어떤 상황을 겪게 될지 짐작조차

할 수 없는 처지에서 그런 명분이라도 만들어놓는 것과 그렇지 않는 것은 크게 다르다고 할 텐데, 이런 기회를 굳이 외면할 까닭은 없는 것 아니겠습니까?"

김강한이 조금 생각해 보다가는 또 가볍게 버럭 한다.

"근데 당신, 일본 오고 나서부터 말이 왜 자꾸 그런 식이야? 쓸데없이 빙빙 돌리지 말고 요지만 말하라고 내가 그랬어, 안 그랬어?"

중산이 다시금 넙죽 허리를 숙인다.

"대표님, 이다음부터는 무슨 일이든지 무조건, 절대적으로 대표님 하시자는 대로 다 하겠습니다. 그러니 이번 한 번만은 부디 제 뜻에 따라주십시오. 제발……."

김강한이 이윽고는 머쓱하다. 중산이 이렇게까지 나오는 데야 더는 고집을 피우기가 그렇다. 그러나 지금껏 버럭거린 게 있는 터에 짐짓 조금쯤 더 생각해 보는 체하다가 불쑥 뱉는다.

"정말이지?"

"예?"

"이다음부터는 내가 하자는 대로 무조건, 절대적으로 다 하겠다는 거 말이야."

중산이 그제야 크게 안도가 되는지 환하게 표정이 밝아진다.

"물론입니다!"

그 양반이 그렇게 대단해?

"여기… 유명한 집 맞아?"

김강한이 인상을 잔뜩 쓰며 하는 말에 중산이 설핏 당황하며,

"이 가게… 정말로 유명한 곳입니다. 5대째 가업으로 이어오고 있는 곳인데……"

하고 주워섬긴다. 그러나 김강한이 시큰둥하니 말을 끊어버린다.

"근데 왜 이렇게 손님이 없어? 그렇게 유명한 곳이면 지금 점심시간이니까 한 백 미터쯤 줄을 서고 그래야 하는 거 아냐?"

"아, 예. 그게… 아까 가게 앞에 오늘 정오부터 오후 3시까지 휴점(休店)을 한다고 안내문이 붙어 있었습니다."

"휴점?"

듣고 보니 김강한이 설핏 연상되는 게 있다.

"설마 양지환 그 양반이 몇 시간 동안이나 여기를 아예 전세를 낸 거야? 그 양반이 그렇게 대단해?"

중산이 고개를 끄덕이는 것으로 대답을 대신한다. 그 간단한 수긍에는 김강한이 또 괜한 반발이 생긴다.

"그럼 그 시간 동안 손님 못 받는 것에 대한 보상은 해주는 거야?"

그러나 불쑥 내뱉고 보니 그가 굳이 하지 않아도 될 주제넘은 걱정이다. 중산이 그런 데까지 자세하게 알고 있을 까닭도 없고.

가게로 들어서자 다시 안으로 연결되는 좁고 긴 통로가 있는데, 통로를 따라 잠시 더 들어가서야 이윽고 툭 트인 공간이 나온다. 그리 넓지도 않고 별다른 장식이나 칸막이 같은 것도 없이 그냥 열 개쯤의 테이블이 놓인 홀은 그냥 옛날식이구나 하는 인상이다. 이어 문득 조용하다는 느낌을 받는다. 방금까지 있던 외부 세계가 시끄러웠구나 하는 생각이 비로소 들 정도로.

점심 약속

오노 미츠루, 그는 야마구치구미의 당대 구미쵸(組長)다. 활동 조직원 수만 3만 명이 넘고, 약 20여 개의 산하 조직을 거느린 야쿠자 최대 계파의 총오야붕인 것이다.

요즘 그는 바깥 외출이 예전처럼 자유롭지가 않다. 가까운 곳이라도 한번 외출을 할라 치면 엄격한 보안에다 따라붙는 경호가 여간 번거롭지 않아서다. 최근에 악화되고 있는 조직의 내분 사태 때문이다.

그러나 오늘 잡힌 점심 약속에 대해서만큼은 예외로 하고 싶다. 조직의 원로이자 그가 존중해 마지않는 선배를 오랜만에 만나는 자리다. 따라서 그가 정말로 그 만남을 소중히 여기고 존중한다는 의미에서라도 혹여 번거로운 일이 생기지 않도록 하라고 미리 지시를 해두었다.

경호도 최소화하여 두 명의 경호원만 대동하기로 했다. 후지와라와 오카모토다. 그 둘은 대단한 실력자다. 오늘 그가 만나려는 선배의 한창때처럼 일당백까지는 아니더라도 일당십은 충분히 되는 친구들이다.

물론 오늘의 약속에 대해서는 누구에게도, 심지어 경호를 서는 후지와라와 오카모토에게조차 알리지 않았을 만큼 철저히 보안을 지켰으니 별일은 없을 것이다. 그리고 만약에 무슨 일이 생긴다고 하더라도 이곳은 오사카다. 아무리 최근의 상황이 좋지 않다고 하더라도 야마구치구미의 총본산인 것이다.

위기

오노 미츠루는 선글라스를 끼고 중절모를 쓴 차림이다. 나름 얼굴을 가린 셈이다. 보안을 위한 것도 있지만, 얼굴을 드러내고 시내를 활보하기에 그는 대중에게 너무 많이 알려져 있다.

화려한 조명과 간판으로 도배된 식당가를 걷다가 오노 미츠루는 문득 어느 좁은 골목 앞에 멈춰 선다. 그리고 그제야 그를 수행해 온 후지와라와 오카모토에게 오늘의 점심 약속에 대해 말해준다. 약속 장소가 골목 안쪽에 있는 이마에 우동 가게이며, 만나기로 약속된 사람이 바로 야나가와 세이겐이라는 사실을.

골목 안쪽 가게 앞에 붙은 휴점 공지를 보며 오노 미츠루는 빙그레 미소를 떠올린다. 그것에서 야나가와 세이겐의 명성이 아직까지 살아 있음과 또 그의 몸에 밴 철저함을 짐작해 볼 수 있어서이다. 이마에 우동 가게의 당대 주인은 그와도 오랫동안 알고 지내는 사이다. 휴점에 따른 보상은 당장이 아니더라도, 그리고 직접적이 아니더라도 적절한 방법으로 해주면 될 일이다. 그때다.

"오야붕!"

오카모토가 나직하게 그를 부르는 목소리에 설핏 긴장이 서려 있다. 그들이 들어온 골목 입구 쪽에 일단의 사내들이 어른거리고 있다. 그리고 딱 보는 순간에 사내들이 야쿠자임을 그는 직감한다. 같은 바닥에서 밥을 먹고 사는 일종의 동업자로서의 동질감 같은 것이랄까? 필시 그를 노리고 온 다른 조직의 전투조일 것이다.

'내가 여기에 올 것을 어떻게 알고? 거처를 나서면서부터 미행을 당했나?'

퍼뜩 의문이 생기는 것이지만 지금 그런 건 중요하지 않다. 당장의 위험에 대해 어떻게 대응하느냐가 우선이다. 적은 우선 보이는 것만으로도 열 명 이상이고, 그를 목표로 하고 온 이상에는 훨씬 더 많은 숫자가 골목 바깥에 포진하고 있다고 봐야 한다.

오노 미츠루는 차분하게 휴대폰을 꺼내 단축키를 누른다. 미리 저장된 메시지가 발송되었고, 본부의 경호 인력이 이곳까지 오는 데는 길어야 십오 분이면 될 것이다.

그는 짐짓 느긋하게 가게 안으로 들어선다. 그러나 판단은 냉철하다. 바깥으로 되돌아 나갈 수는 없다. 그렇다면 차라리 가게 안으로 들어가는 것이 훨씬 안전하다. 숫자에서 절대적 열세라고 하더라도 가게 안쪽의 홀을 선점하고 버틴다면 십오 분쯤은 어떻게든 버틸 수 있으리라. 오카모토가 재빨리 그를 앞서고, 후지와라는 그의 뒤로 바짝 붙어 선다.

뭐라는 거야?

가게 입구를 들어서서 다시 좁고 긴 통로를 지나 나오는 툭 트인 공간. 열 개쯤의 테이블이 놓인 홀에 들어서는 순간, 오카모토는 멈칫하며 다급하게 긴장을 끌어 올린다.

테이블 하나에 두 사람이 앉아 있다. 이마에 우동 가게 특유의 유니폼 차림이 아니니 종업원은 아니다. 또한 조직의 원로이자 전설인 야나가와 세이겐을 그가 못 알아볼 리도 없다. 그리고 가게가 휴점 중이니 우동을 먹으러 온 일반 손님도 아니다. 그렇다면?

'적이다! 적이 홀에 먼저 들어와 있다!'

냉정하게 판단을 내린 오카모토가 날카롭게 소리쳐 묻는
다.

"뭐 하는 자들이냐?"

그 외침에는 뒤쪽의 구미쵸와 후지와라에게 위험을 경고하
기 위함도 있다.

"뭐라는 거야?"

김강한이 중산에게 묻는다. 그러나 불쑥 나타나서는 대뜸
날 선 고함을 치는 정체 모를 자에 대해 중산도 일순 당황하
고 있는 중이다.

그것이야말로 안 될 노릇

한순간 오카모토가 전력을 다해 앞으로 덮쳐간다. 허를 찌
르는 급습으로 일단 적을 제압하고 볼 참이다. 그 빠르고도
강력한 기세에 정면에 있던 중산이,

"엇?"

하고 놀람의 소리를 토해내는 중에, 김강한이 가볍게 중산
의 팔을 잡아 뒤로 당기며 자신이 대신 오카모토를 맞아간다.

"대표님, 안 됩니다!!"

와중에도 중산이 다급한 외침을 토해낸다. 그 다급함에 녹
아 있는 대강의 뜻은 김강한도 퍼뜩 짐작해 볼 만하다. 양지

환과 약속이 되어 있는 만큼 일단 상대가 누구인지 확인부터
해야 한다는 것이리라.

그러나 무작정 안 된다니? 그럼 그더러 두 손 묶어두고 얌
전히 상대의 주먹을 맞으란 말인가? 그것이야말로 안 될 노릇
이다. 상대가 누구라고 하더라도, 설령 양지환의 할아비라고
하더라도 그렇게 할 수는 없다. 김강한이 돌진하는 상대를 굳
이 피하지 않고 정면으로 격돌한다. 물론 외단을 발동시킨 상
태이다.

팡!

육탄의 부딪침치고는 사뭇 경쾌하기까지 한 소리가 터진다.
그리고 여지없이 튕겨 나간 오카모토가 테이블 하나를 박살
내고는 바닥에 나동그라진다.

와당탕!

그런 중에 그가 다급하게 버둥거려 보지만, 바로 일어서지
는 못한다.

턱없는 소리 대신에

후지와라와 오노 미츠루가 홀로 들어선다.

앞장선 후지와라의 손에는 한 자루 칼이 들려 있다. 보통의
일본도라고 하기엔 약간 짧은 감이 있으나, 그가 쌍수로 칼자
루를 움켜잡고 중단세(中段勢)로 칼을 겨누자 대번에 차갑고도

날카로운 예기가 뿜어진다. 그리고 그가 다시 성큼 한 걸음을 내딛자 예기는 곧장 시린 살기로 화한다.

무표정하게 지켜보고 서 있던 김강한이 후지와라를 맞아 느긋하게 한 걸음을 마주 내딛는다.

후지와라가 중단세에서 상단세(上段勢)를 취하는가 싶더니 곧장 앞으로 치고 나온다.

다다닷!

"조심하십시오!"

중산이 다급하게 외친다. 이번에는 '안 됩니다!' 따위의 턱없는 소리 대신에 긴장과 걱정이 잔뜩 담겨 있다.

경악

김강한은 여전히 우뚝 버티고 선 채로 맹렬히 달려오는 상대를 보고 있다. 상대의 칼이 빠르게 커지는 듯하더니 이윽고 거대해진 칼 한 자루가 그를 덮쳐 눌러드는 느낌으로 된다. 그가 가볍게 한 손을 내젓는다. 위압감을 떨쳐내듯이 안쪽에서 바깥쪽으로.

후지와라가 순간 기우뚱 중심을 잃는 모습이다. 그러더니 이어 마치 누가 세차게 옆으로 떠다 민 것처럼 기합인지 다급한 경호성인지 애매한 소리를 내지르며 왼쪽으로 치우쳐 곧장 달려 나간다.

"으~앗!"

그러고는,

와당~탕!

와당탕탕!

테이블 두 개를 잇달아 박살 내고, 그것으로도 모자라 다시,

쿵!

벽에다 거칠게 몸을 부딪치고 나서야 겨우 멈춰 선다. 그런 후지와라의 얼굴에 소스라친 경악이 넘실거리고 있다.

그 품속에 무엇이 들어 있을지

공격 의지가 확연히 꺾인 상대에 대해 굳이 재차의 핍박을 가할 생각까지는 없어서 김강한이 담담히 지켜보고만 있을 때다. 그들과 함께 들어온 또 한 사람이 그를 향해 천천히 한 걸음을 내딛는다. 중절모에다 선글라스를 쓴 노신사이다.

낭패한 모양새로 있던 앞서의 두 사내가 급하게, 그러나 몹시도 힘겨운 몸짓으로 자신의 곁으로 다가오려는 것을 노신사가 가만히 고개를 저어 제지한다. 그런 모습은 상황에 걸맞지 않게도 느긋하게까지 보이는 데가 있다.

눌러쓴 중절모에다 선글라스까지 더해 얼굴을 가렸지만, 그럼에도 노신사는 사뭇 인상적인 느낌이다. 날카로우면서도 깊

숙하게 가라앉은 눈빛만으로도.

노신사가 천천히 선글라스를 벗더니 이어 중절모마저 벗는다. 더 이상 얼굴을 감출 의도가 없다는 것일까? 어쨌든 김강한으로서는 모르는 얼굴이다. 당연하다 하겠지만.

새삼 홀 안을 한눈에 훑어보면서 노신사의 한 손이 품속으로 들어간다. 그 품속에 무엇이 들어 있을지를 추측해 보면서도 김강한은 여전히 지켜보기만 한다. 그의 외단은 이미 홀 전체로 영역을 확장해 두고 있는 중이다.

오해

오노 미츠루는 품속에서 손아귀에 꽉 차게 느껴지는 묵직한 금속성을 잠시 음미한다. 손을 빼내는 순간 그대로 방아쇠를 당겨야 하리라.

그때다. 상대의 두 사내 중 하나—방금 놀라운 무용(武勇)을 선보인 자가 아닌 다른 자—가 그를 향해 주춤 걸음을 떼고 있다. 그는 망설일 것 없이 즉각 품속의 권총을 빼낸다.

아니다. 권총을 옷 밖으로 빼내기 직전 멈칫 동작을 멈춘다. 그를 향해 오던 사내의 허리가 갑자기 굽혀진 때문이다. 그것도 거의 직각으로다.

그의 눈빛에 이채가 떠오른다. 사내가 그를 알아본 것이 그리 놀라울 일은 아니다. 그를 노리고 온 자들이라면 더 말할 것도 없겠지만, 매스컴에 몇 번 노출된 적이 있는 까닭에 일반 사람들 중에서도 그를 알아보는 사람이 적지 않으니 말이다. 다만 흥미로운 것은 지금 사내에게서는 적의(敵意)가 전혀 없고 오히려 존중과 공경의 염이 가득해 보인다는 점이다.

'뭔가 오해가 있는 것이다.'

그는 권총을 다시 품속 주머니로 밀어 넣는다. 그리고 빈손을 빼낸다. 천천히.

도무지 마음에 들지 않는다

중산이 노신사를 향해 뭐라고 말을 건네고 있는데, 김강한이 알아들을 수는 없어도 지극한 공경의 염이 담겼다는 것은 쉽게 짐작해 볼 수가 있다. 그런 것은 중산이 방금 구십 도로 허리를 접은 모습만으로도 이미 분명하다고 하겠지만.

더욱이 지금 중산의 표정에서는 질린 듯한 느낌이 비치기도 한다. 도대체 저 노신사가 누구이기에, 얼마나 엄청난 인물이기에 저처럼 지극한 공경에다 그 위압감에 질리기까지 한단 말인가?

그렇더라도 김강한이 중산의 공경과 위압감에 공감해 줄 기분은 전혀 아니다. 나아가 중산의 저런 태도는 도무지 마음에 들지 않는다.

그가 없는 자리에선 어떻게 하더라도 상관이 없을 일이다. 그러나 그가 있는 자리에서는 얘기가 다르다.

상대가 누구이건, 얼마나 대단한 인물이건 간에 중산의 저런 태도는 그의 자존심까지 깎이는 기분을 느끼게 한다.

누군데 그래?

"중산!"

화가 고스란히 드러나는 김강한의 외침에 중산이 흠칫 놀라며 돌아본다.

"이리 와봐!"

김강한의 그 말은 아예 명령이라 중산이 당혹스럽다는 빛으로 잠시 갈등하고 나서야 마지못한 기색으로 김강한에게로 다가간다.

"누군데 그래?"

김강한의 그 물음이 차라리 질책인 데 대해서는 중산이 지레 흠칫 움츠리며 작은 소리로 대답한다.

"야마구치구미의 당대 구미쬬, 총오야붕이십니다."

"야마구치구미?"

김강한이 반문하며 생각을 더듬어본다. 어디서 들어본 소리 같기는 하다. 그러나 당장에 자세한 기억은 나질 않는다.

다만 '구미'가 붙는 이름이 '카이'가 붙는 이름처럼 야쿠자 조직을 의미한다는 것과, 야마구치구미가 그중에서도 제법 큰 조직이었다는 정도까지를 정리해 본다.

더불어 구미쵸가 뭔지는 모르겠지만 오야붕이 두목이나 보스쯤을 말한다는 것도 알겠다.

함부로 허리를 숙이지 말라고!

"야마구치구미건 뭐건 간에 나랑 있을 땐 그러지 마!"

김강한이 딱딱하게 표정을 굳힌다. 중산이 설핏 의아해하면서도 그의 심상치 않은 표정 때문에라도 감히 반문하지는 못한다. 그렇더라도 김강한이 중산의 어정쩡한 모양새가 다시 신경을 건드리기에 이윽고는 버럭 소리를 지르고 만다.

"왜 대답을 안 해? 이젠 한국말도 못 알아들어?"

그 턱없는 시비에 중산이 크게 당혹스러워하며 황급히 두 손을 내젓는다.

"아, 아닙니다! 그럴 리가 있겠습니까?"

"나랑 있을 땐 함부로 허리를 숙이지 말라고! 어느 누구한테도! 알아들었어?"

그 말의 의미를 새겨볼 틈도 없이 드물게 보는 김강한의 날카로운 기세에 중산의 허리가 반사적으로 접힌다.

"예, 알겠습니다! 그렇게 하겠습니다!"

그와는 상관없는 일

오노 미츠루는 가만히 지켜보는 중이다. 처음에 예상한 것과는 상황이 한참이나 다른 방향으로 되어가고 있다. 그러나 적어도 저 두 사내가 적이 아니라는 판단은 이미 내린 뒤이니만큼 경계감은 많이 누그러졌다. 차라리 흥미와 호기심마저 생긴다.

그때다. 갑자기 가게 입구 쪽이 소란스럽다. 오카모토와 후지와라가 어떻게 대응해야 할지에 대해 설핏 혼란스러워하는 기색인 중에 가게 입구에서 홀로 연결된 예의 그 좁은 통로로 한 무리의 건장한 사내들이 우르르 밀고 들어온다. 제각기 단도며 곤봉, 손도끼 등을 든 그들 무리의 기세는 다짜고짜 살벌하다. 짧게 상황 판단을 끝낸 오카모토와 후지와라가 재빨리 구미쵸의 양옆으로 붙어 서며 홀 안쪽의 주방이 있는 곳을 향해 물러선다.

김강한이 또한 무슨 상황인지 의아해하면서도 일단은 중산을 잡아끌며 한쪽 벽 가까이로 붙어 선다. 돌아가는 낌새에서 아마도 야쿠자 조직 간의 전쟁이라도 벌어진 모양이다. 새로 등장한 자들의 목표는 물론 야마구치구미의 총오야붕이라는 노신사일 테고.

'하필 이런 일에 휘말리다니?'

김강한이 새삼 짜증이 솟는다. 하여간 일본 땅에 발을 들이면서부터 뭐 하나 잘 풀리는 일이 없다 싶다. 그러나 어쨌든 그와는 상관없는 일이니 그저 방관자의 입장으로 있으면 될 터이다.

딱히 놀랍거나 새삼스러운 광경도 아니다

'어라?'

그런데 상황 돌아가는 모양새가 어째 이상하다. 사내들이 곧장 달려드는데, 야마구치구미의 총오야붕 일행이 아니라 그와 중산을 향해서다.

'이건 또 뭐지?'

김강한이 차라리 황당하고 어이없다. 그러나 지체하고 있을 경황은 없다. 곧장 머리 위로 연장들이 찍어들고 있으니 말이다.

한순간 사내들의 선봉이 멈칫 서더니 무엇에 막히기라도 한 듯이 주춤 한 걸음쯤 뒤로 밀려난다. 의심할 바 없는 외단의 발동이다.

그렇게 확보된 공간에서 김강한의 움직임이 바빠진다. 온몸으로 치고, 찍고, 차고, 들이박는다. 투박하면서도 가장 실전적인 움직임. 두말할 것도 없이 십팔수다. 칼이건 몽둥이건 그 앞에선 무용지물이 되는 건 역시 외단의 덕분이고.

픽!

픽!

사내들이 쓰러지고, 한편으로,

핑!

핑!

나가떨어진다. 중산은 좀 덤덤한 반응이다. 마치 이제는 딱히 놀랍거나 새삼스러운 광경도 아니라는 듯이.

다만 주방 앞까지 물러난 채로 지켜보고 있는 오노 미츠루 일행은 새삼 놀라 마지않는 기색이다.

딱히 절박해지는 건 없다

"중산, 이게 어떻게 된 거야? 이자들은 또 누구야? 왜 다짜고짜 우릴 공격하는 거냐고?"

기세가 주춤해진 사내들과의 거리를 벌리며 잠시 여유를 가진 김강한이 중산에게 묻는다.

"저도 모르겠습니다!"

중산의 대답이 그런데, 김강한이 버럭 타박부터 준다.

"몰라? 그럼 알아봐야지?"

누구에게 알아보라는 건지. 그러나 중산이 그런 고민을 해보기도 전에 가게 입구와 연결된 예의 통로에서 다시금 일단의 사내들이 홀 안으로 쏟아져 들어온다. 이번에는 그 숫자가 근 이십여 명에 달하는데, 그들이 거칠게 내뱉는 고함 소리에

홀이 와릉와릉 울린다.

그렇더라도 김강한이 딱히 절박해지는 건 없다. 별로 넓지도 않은 홀이다. 제한된 공간에서 한꺼번에 공격에 가담할 수 있는 숫자는 제한될 수밖에 없다. 그런 터에 외단과 십팔수라면 얼마든지 상대할 자신이 있는 것이다.

물론 외단은 내력의 소모가 전제되는 만큼 무한정 발동시킬 수는 없는 노릇이다. 그러나 적절히 효율성을 기한다면 꽤 오랫동안 버틸 수 있을 것이다.

인정사정없는

사내들의 전열이 재빠르게 정비된다. 앞서의 전투에서 다친 자들은 뒤로 빠지고, 새로이 합류한 자들이 선봉으로 나선다. 그리고 다시 한바탕의 격돌이 재개되려는 순간이다.

다다다닷!

돌연히 재게 놀리는 발걸음 소리와 함께 누군가 힘찬 기세로 통로를 달려오고 있다.

"타아아앗!"

이어 맹수의 포효와도 같이 쩌렁한 기합과 함께 일본도를 든 남자 하나가 홀 안으로 진입한다. 몸에 착 달라붙는 검은색 가죽 재킷을 입은 남자는 곧장 일본도로 치고, 베고, 찌르며 거침없이 사내들의 가운데를 일직선으로 돌파해 나간다.

"악!"

"아악!"

경악과 참혹의 비명이 잇달아 터져 나오는 중에 가죽 재킷 남자의 일본도가 지나가는 궤적을 따라 붉은 피가 사방으로 뿌려진다. 소름 끼치도록 적나라한 살기와 인정사정없는 칼부림이다.

가죽 재킷 남자의 그러한 기세는 참으로 난폭하고도 맹렬해서 그들 이삼십 명의 사내들은 속수무책으로 길을 터준다. 그리하여 가죽 재킷 남자는 그야말로 단숨에 오노 미츠루 일행이 있는 곳까지 나아갔고, 그러고 나서야 느긋하게 몸을 돌려세운다.

김강한은 그제야 그 남자를 알아본다. 그 사람이다. 한때 가장 전투적이며 잔인하고 폭력적인 활동으로 일본 전역을 떨게 했다는 사람, 바로 양지환이다.

그게 또 이렇게 엮였다고?

일본도를 앞으로 겨눈 채 우뚝 버티고 선 양지환의 기세는 오금이 저린다는 말을 절로 떠올리게 할 만큼 차갑고 예리하다. 그가 뭐라고 짧게 외치는데, 중산이 김강한의 옆으로 바짝 붙어 서며 나직한 소리로 통역을 해준다.

"나 야나가와 세이겐이다."

순간 사내들 중에서 크게 술렁이는 반응이 일어난다.

"너희들이 지금 누구를 공격했는지 알고 있나? 바로 야마구치구미의 오노 구미쵸이시다!"

양지환이 차갑게 덧붙이며 뒤쪽의 오노 미츠루를 가리킨다. 순간 사내들은 더욱 크게 놀라는 기색이다. 마치 지금껏 오노 미츠루에 대해서는 미처 알아보지 못하고 있다가 이제야 그 사실을 확인한다는 모양새들이다.

"묻겠다! 너희들은 어디 소속인가? 그리고 이건 전쟁인가?"

양지환이 다시 묻는 말에 한 사내가 황급히 앞으로 나서며 외친다.

"아닙니다! 저희들은 결코 그런 의도가 아닙니다! 저희들은 다만 저희 식구가 당한 복수를 하기 위해 여기에 온 것뿐입니다!"

"복수? 누구에게 말인가?"

양지환의 그 물음에 대해서는 사내가 즉각 김강한과 중산을 가리킨다.

"저자들입니다!"

기왕에 한바탕 전투를 치른 바이긴 하지만, 그 난데없는 지목에는 김강한이 퍼뜩 억울하기까지 한 심정이 되지 않을 수 없다.

'우리라고? 우리가 뭘 어쨌다고?'

그런 중에 사내가 말을 잇고 있다.

"저자들은 도톤보리에서 저희 식구 둘을 아무런 이유도 없이 폭행하고 발목을 부러뜨리기까지 했습니다! 그뿐이 아닙니다! 많은 사람들이 지켜보는 중에 치욕적인 모욕까지 가했습니다!"

그제야 김강한이 퍼뜩 떠오르는 게 있다.

'도톤보리? 한국인 부자를 괴롭히던 그 야쿠자들?'

그 같은 짐작이 이내 사뭇 분명한 인과관계로 정리되기에 김강한은 가만히 고개를 가로젓고 만다.

'그게 또 이렇게 얽혔다고? 제기랄! 하여간 뭐 하나 잘 풀리는 일은 없고 계속 꼬이기만 하는 걸 보면 역시 이놈의 나라는 나와 아주 상극인 뭔가가 있는 게 분명하다.'

나한테 감사할 필요는 없다고 해!

양지환에 이어 오노 미츠루까지 나서서 몇 마디 중재하는 것으로 복수를 하러 온 그 일단의 무리는 감히 어떤 이의도 제기하지 못하고 순순히 물러난다.

그리고 잠시 후 또 다른 사내 예닐곱이 홀 안으로 들어서는데, 오노 미츠루에게 깍듯하게 인사부터 치르는 걸로 봐서는 야마구치구미의 조직원들이다. 총오야붕이 위험하다는 전갈을 받고 이제야 도착한 모양이다. 오노 미츠루가 나직하게 몇 마디를 하는데, 아마도 소란 피울 것 없이 바깥에서 대기하라는 정도의 지시인 모양으로 사내들은 이내 다시 홀을 나간다.

오노 미츠루가 김강한을 향해서도 뭐라고 말을 건넨다. 김강한이 흘깃 중산을 보자 중산이 자못 감격한 빛이 되며 통역을 해준다. 구미쵸가 감사를 표한다고, 경위야 어떻게 되었든 자칫 위험할 뻔한 상황에서 크게 도움을 받은 셈이 되었다고.

그리고 오노 미츠루가 가볍게 고개를 숙여 보이는 데 대해서는 중산이 화살이라도 피하는 것처럼 화들짝 놀라며 옆으로 비켜선다. 감히 그런 인사를 받을 수 없다는 듯이. 그런 모습에는 김강한이 가볍게 인상을 쓰며 못마땅한 빛으로 중산을 째려준 다음 짐짓 시큰둥하게 뱉는다.

"나한테 감사할 필요는 없다고 해. 그쪽을 도와주려고 한 건 아니었다고."

중산이 통역을 하는데 그 조심스러운 태도에서는 아무래도 자신이 표시한 만큼의 시큰둥함이 그대로 전달되는 것 같지는 않지만, 김강한이 그런 데까지 굳이 신경 쓸 바는 아닐 것이다.

희미하게 미소를 떠올린 채로 보고 있던 양지환이 슬쩍 대화에 끼어든다. 그리고 미리 얘기하지 않고 자신의 독단으로 자리를 만든 것에 대해 오노 미츠루의 양해를 구하고, 이어 김강한과 중산이 여기까지 오게 된 대강의 사정과 자초지종을 상세히 설명한다.

이러~언! 확!

'지금 제대로 통역한 거 맞아?'

김강한이 힐끗 중산에게 눈총을 준다.

'사정이 딱한 것은 알겠다. 그러나 조직을 이끌고 있는 입장에서는 신중할 수밖에 없으니 당장에 어떤 도움을 주겠다고 말하기는 어렵겠다. 다만 오늘 신세를 진 게 있고, 또 야나가와 선배의 부탁까지 있으니 향후 어느 시점에 내가 도울 수 있는 기회가 있기를 바란다.'

오노 미츠루의 말이 대강 그런 취지인 데 대해서다.

도무지 무슨 소린지 애매하지 않은가? '당장에 어떤 도움을 주겠다고 말하기는 어렵다'를 전제해 두고, '향후 어느 시점에 내가 도울 수 있는 기회가 있기를 바란다'니? 마치 무슨 정치인이나 되는 것처럼 요렇게 조렇게 빠져나갈 구멍부터 만들어 놓고 하는 얘기에 지나지 않는다. 결국 그냥 공수표일 뿐이다.

그렇게 김강한이 기분이 가라앉은 중에 다시금 설핏 어깃장이 상한다. 양지환이 그를 향해 빙그레 웃음기를 떠올리고 있는 데 대해서다. 이런 번잡스러운 자리를 만들어놓고 고작 이까짓 소리나 듣게 했으면서 뭐가 그렇게 만족스럽다고 웃음씩이나 나온단 말인가?

그런데 그때다. 김강한의 눈치를 살피며 멈칫거리더니 중산이 성큼 앞으로 나선다. 그러곤 오노 미츠루를 향해 공손히 두 손을 맞잡고 뭐라고 말을 건넨다. 뭐라고 하는지는 알 수 없지만 김강한이 눈치로 때려잡건대 아마도 '야마구치구미의 구미쵸께서 그렇게 말씀해 주시는 것만으로 감격스러울 따름입니다.' 정도의 분위기가 느껴진다. 거기까지였으면 그가 그래도 모른 체하고 넘어갔을 것이다. 눈치로 때려잡았을 뿐이지, 정말로 그런 뜻인지는 알 수 없는 노릇이니 말이다. 그러나 다음 순간에 중산의 허리가 정중하게 접혀지는 걸 보고는 김강한이 두 눈을 치뜨고 만다.

'이러~언! 확!'

희번덕거리는 그의 도끼눈에 중산이 반쯤 허리를 접다 말고는 멈칫 그대로 멈추면서 어정쩡한 모양새가 되고 만다.

제5장
—
부끄럽지 않게

무작정 움직였다간

"여기서 요코하마까지는 얼마나 걸려?"

"30분이면 갑니다."

"그럼 지금 바로 출발하지."

도쿄에 도착하자마자 김강한이 곧장 요코하마로 가자고 다시 서두는 데 대해 이번에도 중산이 애써 차분하게 그를 설득한다.

"아가씨가 어떤 처지에 있는지 전혀 알지 못하는 상황에서 무작정 움직였다간 아가씨를 오히려 더 위험한 지경에 빠뜨릴 수도 있습니다. 괜히 저들을 경각시켜 일을 더 어렵게 만들 수도 있고요."

중산의 간곡함보다 진초희가 더욱 위험해질 수 있다는 얘기에는 김강한이 무작정 고집을 세우기가 쉽지 않다.

"혹시 다른 계획이라도 있는 거야?"

"우선적으로 예전에 친분이 있던 사람들을 좀 접촉해 볼까 합니다."

"누구?"

"아마 현재도 나카야마카이에 적(籍)을 두고 있을 사람들인데, 중요 간부급은 아니지만 그래도 최근의 조직 동향이라든지, 혹시 아가씨에 관해서 알고 있는 소식이 있는지 좀 알아보려는 겁니다."

"그 사람들, 믿을 수 있어?"

김강한의 그 물음에 대해서는 중산이 문득 당혹스럽다. 물론 믿을 만하다고 생각하는 사람들이다. 그런데 설핏 회의가 든다. 지금 상황에서도 과연 그들을 믿을 수 있을까?

그가 그들에게 듣고자 하는 것은 그들에게는 조직의 정보를 외부로 누설하는 것이 될 수 있다. 과연 그들이 그와의 개인적 친분 관계를 조직에 대한 충성보다 우선하려고 할까?

설령 그렇다고 하더라도 본부도 아닌 외곽 조직의 중간 간부급에 지나지 않는 그들이 알고 있는 건 극히 제한적일 것이고, 더욱이 진초희에 관한 사항은 카이쵸(會長)의 직계나 본부의 핵심 간부급이 아니면 알기 어려울 것이다. 그렇다면 결국 그가 방금 김강한에게 경고한 바의 '무작정 움직였다간'의 경우가 되어버리는 것은 아닐까?

일본에 온 지 얼마나 되었다고

"우리 어디 가서 소주나 한잔하지."

김강한이 툭 뱉는 말에 대해 중산이 '이런 와중에 무슨 소주 타령?' 하는 반발이 생기지만, 김강한이 '할까?'가 아니고 '하지'라고 한 데서는 거부하기가 어렵다.

하긴, 그 역시도 마음이 답답해진 중에 소주 한잔 생각이 간절하기도 하다. 그리고 급할수록 돌아가라는 말도 있지 않은가? 잠시 여유를 갖다 보면 오히려 미처 생각지 못한 방안이 떠오를 수도 있으리라.

"그러시죠. 가까운 곳에 신오오쿠보가 있으니까, 거기로 모시겠습니다."

"신오오쿠보?"

"작은 한인 타운이라고 생각하시면 됩니다. 소주는 제가 사겠습니다."

"오호! 그래?"

김강한이 짐짓 반긴다. 중산이 소주를 사겠다는 것보다 한인 타운이라는 말이 반갑다. 일본에 온 지 얼마나 되었다고 벌써 향수병이 생긴 것 같은 중이다.

기왕에 사겠다고 했으니

작은 한인 타운이라더니, 신오오쿠보 거리에는 한국어 간판을 단 가게들이 즐비하고 지나다니는 한국인도 많다.

잠시 걷고 있자니 마치 한국의 어느 거리에라도 와 있는 듯이 익숙한 느낌마저 든다.

대형마트도 있다. 김강한이 뭘 살 것도 아니면서 마트로 들어간다.

라면과 김치, 조미료 등등의 한국 상품들이 천지인 중에 가장 먼저 눈에 들어오는 것은 역시 익숙한 상표의 소주다.

반갑다. 다만 가격이 한국보다는 두 배는 되는 듯하다.

'방 하나 잡을까?'

김강한이 그런 생각도 해본다. 소주 몇 병에다 안주거리 좀 사 들고 어디 호텔방이라도 잡아서 느긋하게 한잔해도 괜찮을 것 같아서이다.

그러나 그는 곧바로 생각을 접는다. 기왕에 중산이 사겠다고 했으니 어디 그럴싸한 가게에 가서 제대로 분위기 잡고 마시는 게 훨씬 더 좋으리라.

좀 비싸기는 하다. 그지?

김강한과 중산은 한 건물의 삼 층에 있는 어느 가게로 들어선다.

그들이 구석 창가 쪽에 자리를 잡고 앉아 우선 메뉴판을 보는데, 반가운 한국 술과 안주가 있다.

그런데 역시나 비싸다. 소주만 해도 한 병에 만 원꼴이다. 그러나 중산이 사기로 했으니까.

"크으!"

목구멍을 타고 넘어가는 쓴맛에 김강한이 절로 탄성을 뱉는다. 바로 이 맛이다. 소주의 참맛. 안주로 시킨 알탕도 제법 맛이 괜찮다.

그런데 중산은 김강한의 잔을 채워주기만 할 뿐 자신은 술을 마시지 않는다.

"당신은 왜 안 마셔?"

김강한이 슬쩍 묻는다. 그러나 그것으로는 좀 싱겁다 싶어서 굳이 웃음을 참지 않으며 기어코 덧붙인다.

"좀 비싸기는 하다. 그지?"

삼류 야쿠자쯤이랄까?

맞은편의 어른 허리 높이로 칸막이가 된 테이블에 젊은 남자 둘이 앉아 있다. 그런데 친구끼리 술 한잔하러 온 모습으로 보이더니 아까부터 분위기가 좀 이상해지고 있다. 곁눈질로 대충 봐도 한쪽이 일방적으로 윽박지르고 다른 한쪽은 겁에 질려 잔뜩 주눅이 든 모양새다.

김강한이 처음에는 남의 일에 굳이 신경을 쓰지 말자 했지만, 자꾸 관심이 가는 중이다.

아무리 봐도 한국인으로 보이는 때문이다. 당하는 쪽의 곱상하게 생긴 청년 말이다.

결정적으로는 윽박지르는 쪽의 길쭉한 말상의 사내는 거친 기세와는 달리 목소리는 아주 나직하여 말이 잘 들리지도 않고 오히려 주눅 든 쪽의 곱상 청년이 사정사정하는 말이 잠깐씩 들리는데, 분명히 한국말이 섞인다.

'무슨 일로 야쿠자에게 당하고 있나?'

김강한이 쉽게 그런 생각을 해보는 건 시종 윽박질러 대고 있는 말상 사내의 모양새가 꼭 뒷골목 양아치 같아서다. 일본이니 삼류 야쿠자쯤이랄까?

시끄럽게 안 할 테니까

곱상 청년이 괴롭힘을 당하는 정도가 점점 심해지고 있다는 데서 그쪽에다 신경의 일부를 주고 있던 김강한이 이윽고는 화가 치밀기 시작한다.

만약 한국에서 이런 상황을 봤다면 귀찮아서라도 모르는 체 넘어갔을지도 모르겠다. 그러나 일본이다. 오사카에서 그 한국인 관광객 부자의 경우에서도 그랬지만, 역시 타국에서 같은 한국인이 모진 일을 당하는 광경을 보고 있으려니 어쩔 수 없이 감정적으로 되는 점이 있다. 한국에 있을 때는 애국심이 뭔지 나라꼴이 어떻게 돌아가건 신경도 안 쓰던 부류들이 해외에 나가서는 태극기만 봐도 괜스레 마음이 뭉클해진다고 하는 것처럼 말이다.

"악!"

나직한 비명 소리가 들린다. 곱상 청년의 것이다. 소리를 내지 않으려 스스로 입을 틀어막는 모양새지만, 비명 소리는 사뭇 절박하다. 그런 곱상 청년을 향해 말상 사내의 구타가 이어지고 있다.

툭! 툭!

가볍게 주먹질을 해대는 모습에서 말상 사내는 재미 삼아 때리는 것도 같다. 보다 못한 김강한이 이윽고는 몸을 일으키려고 하자, 안 그래도 불안한 눈치를 주고 있던 중산이 그의 옷자락부터 잡는다.

"대표님……."

나직이 부르는 중산의 눈빛이 간곡하다. 이어내지 않은 뒷말은 아마도 '제발 쓸데없는 말썽 좀 일으키지 마십시오. 여기서부터는 나카야마카이의 영향권이란 걸 제발 좀 명심해 주십시오.'쯤이 되리라. 그러나 김강한은 기어코 몸을 일으켰고, 그런 이상 중산이 만류한다고 다시 주저앉을 것은 아니다.

"시끄럽게 안 할 테니까 이거 놔봐."

김강한의 말은 나직하지만 단호하다. 곧 명령이다. 중산이 감히 더는 만류하지 못하고 옷자락을 잡은 손아귀에서 힘을 풀고 만다.

당장 꺼져!

"이야, 이게 웬일이야? 여기서 다 만나고?"

김강한이 반갑게 말하며 슬쩍 엉덩이를 밀어붙이며 옆자리로 끼어들자, 절망과 공포로 찌들어 있던 곱상 청년의 얼굴에 일시 의아함이 깃든다. 그러나 청년이 다른 반응을 보일 틈을 주지 않고 김강한의 너스레가 이어진다.

"근데 너, 언제 일본에 왔냐? 무슨 일로? 너나 나나 팔자 좋게 관광 다닐 형편은 못 되는데, 알바라도 뛰는 거야? 그럼, 야, 괜찮은 자리면 나한테도 소개 좀 해주라! 나도 돈 좀 벌어보겠다고 어떻게 일본까지 오긴 했는데 벌써 일주일째 대책도 없이 헤매고 다니면서 조금 가지고 온 돈만 다 털어먹고 있는 중이다!"

곱상 청년이 당황스러워 맞은편 말상 사내의 눈치부터 살피는데, 김강한이 그제야 그자의 존재를 알아챘다는 듯이,

"아이고, 이거… 일행이 계신 것을 몰랐네요!"

하고 곧장 악수라도 청할 듯이 짐짓 과장된 몸짓을 해 보인다.

"어이!"

그러나 말상 사내가 나직하나 차갑게 깔린 목소리로 뱉고는 다른 말없이 간단히 손짓한다.

'당장 꺼져!'

그런 뜻일 텐데, 김강한이 마치 말상 사내의 그 손짓을 자신의 옆자리로 오라는 뜻으로 잘못 이해했다는 듯 냉큼 그의 옆자리로 옮겨 앉는다. 순간 말상 사내가 인상을 확 일그러뜨리며 거칠게 몸을 일으킨다. 아니, 그러려고 했겠지만 그는 무엇에 어깨를 짓눌리기라도 한 듯 다시금 의자에 엉덩이를 붙이고 만다.

털썩!

이어 김강한의 팔꿈치가 가볍게 그의 옆구리에 틀어박힌다.

"허… 억!"

말상 사내의 얼굴이 대번에 하얗게 질린다. 가볍게라고 하지만 급소 일격이다. 이어 밑에서부터 반원을 그리며 짧게 휘둘러진 김강한의 손목 일격이 말상 사내의 관자놀이를 가격한다.

퍽!

"큭!"

그 일격에 의식을 놓쳤는지 말상 사내의 머리가 곧장 테이블 위로 처박히는 것을 김강한이 가볍게 머리채를 낚아채서는 의자에 등을 기대는 모양새로 만들어놓는다. 이어 김강한이 경악과 당황으로 두 눈을 부릅뜨고 있는 곱상 청년에게 싱긋 웃어주고는 다시 그의 옆자리로 옮겨 앉는다.

딱 양아치 새끼

맞은편의 말상 사내가 다시 의식이 돌아오는 모양새이더니 고통스럽게 얼굴 표정을 뒤틀며 힘겹게 상반신을 바로 세운다. 그런 놈에게 김강한이 가만히 시선을 못 박고 있자니 문득 그의 존재를 인지한 놈이 순간 그대로 얼어붙고 만다. 딱딱하게 굳은 채로 놈의 눈동자만이 크게 흔들리는데, 그 속으로 빠르게 공포가 확산된다.

'딱 양아치 새끼다. 남을 때릴 때는 인정사정없는 독종이지만, 제 놈이 당할 때는 비굴하기 짝이 없는.'

말상 사내에 대해 다시금의 단정을 내리며 김강한이 가볍게 고갯짓을 한다. 그러나 말상 사내는 그 의미를 감히 짐작하지 못하겠는지 눈동자만 바쁘게 굴리고 있다. 김강한이 가볍게 이맛살을 찌푸리자, 말상 사내는 곧바로 다급해지는지 부르르 몸을 떨고 만다.

김강한이 다시 한번 가볍게 손짓하고 나서야 그 뜻을 짐작했는지 말상 사내가 주춤거리며 앉은 자리에서 몸을 일으킨다. 그러면서도 자신이 파악한 뜻이 과연 맞는지 사뭇 치열하게 김강한의 눈치를 살피는 기색이다. 김강한이 지그시 인상을 쓰며 짧게 뱉는다.

"가!"

순간 말상 사내의 움직임이 대번에 민첩해진다. 잽싸게 자리에서 몸을 빼내더니 후들거리는 걸음으로도 빠르게 가게 출입문 쪽으로 향한다. 그러면서도 감히 어떤 소리나 소란도 일으키지 않으려는 듯이 가게 문을 나설 때까지 지극히 조심스러운 모양새다.

시끄럽게 안 했잖아?

곱상 청년을 데리고 본래의 테이블로 돌아온 김강한이 중산을 향해 슬쩍 어깨를 으쓱해 보인다.

중산은 마지못해 고개를 끄덕이는 시늉이다.

김강한의 그 어깻짓이 의미하는 바야 '시끄럽게 안 했잖아?' 하는 것쯤일 테니 말이다.

하긴 시끄럽진 않긴 했다.

바로 옆 테이블의 손님조차도 무슨 일이 일어났는지 알아채지 못했을 정도로.

야쿠자 아닌 깡패

"방금 그자, 뭐 하는 인간입니까? 야쿠자?"

김강한의 물음에 곱상 청년이 힘없이 고개를 가로젓는다.

"깡패입니다."

"깡패? 야쿠자가 아니고 깡패요?"

김강한의 의혹에 곱상 청년이 고개를 끄덕인다.

"예. 한국에서 깡패 짓을 하던 자인데, 일본에 와서는 야쿠자들 밑에서 기생하며 같은 한국인들의 피를 빨아먹고 사는 정말로 더럽고 비열한 놈들입니다."

여전히 긴장을 떨치지 못하고 있는 중에도 곱상 청년의 표정에 문득 분개가 서리는 것을 보고 김강한이 내심으로 혀를 찬다. 그런 줄 알았더라면 몇 대 더 쥐어박아 줄 걸 그랬다 싶다. 아니, 어디 할 짓이 없어서 한국 땅도 아니고 바다 건너 일본까지 와서 동족을 괴롭힌단 말인가?

"고맙습니다."

곱상 청년이 고개를 숙이며 뒤늦은 감사를 표한다. 그러더니 곧장 다급하게 서두른다.

"그런데 여기 계시면 안 됩니다. 이제 곧 놈들이 몰려올 텐데, 얼른 피하셔야 합니다."

"놈들이 그렇게 두렵소?"

김강한이 가볍게 실소하며 묻는다. 그러나 곱상 청년은 다급한 얼굴 그대로다.

"무섭고 지독한 놈들입니다. 다시 마주쳤다가는 무슨 짓을 저지를지 모릅니다."

김강한이 짐짓 허세를 부리듯이 어깨를 으쓱해 보인다.

"까짓 놈들, 올 테면 와보라지! 걱정 마세요! 내가 한주먹에 다 보내 버릴 테니까!"

그러나 곱상 청년은 김강한의 그런 허세(?) 때문에라도 더욱 불안해지는 듯이 다시금 서둔다.

"정말입니다. 이러고 있을 시간이 없습니다. 밑에 제 차가 있으니까 역까지 태워 드리겠습니다. 최대한 빨리 신주쿠 지역을 벗어나시는 것이 좋습니다."

김강한이 힐끗 중산을 보고는 다시 곱상 청년에게로 시선을 돌리며 가볍게 인상을 찡그린다.

"그렇게 겁이 나면 당신은 먼저 가세요. 우린 그런 놈들이 무서워 도망칠 생각 같은 건 전혀 없고, 또 남은 술도 마저 마셔야 하니까."

김강한의 말과 기색이 조금 더 단호해진다. 그러자 곱상 청년의 얼굴에 잠시 치열한 갈등이 스치더니 이윽고 이를 악다무는 모습으로 된다.

"그럴 수는 없습니다. 저를 도와주시다가 일이 이렇게 되었는데, 제가 아무리 못난 놈이라도 저 혼자 살겠다고 두 분만

두고 도망칠 수는 없습니다. 그리고 어차피 더 이상 잃을 것
도 없는 처지이니 저도 선생님들과 함께 있겠습니다."

중산이 이채를 띠며 새삼 곱상 청년을 살펴본다. 청년이 사
뭇 힘겹게 꺼내는 말에서 한편으로 어떤 결기가 느껴져서이
다. 그러나 다시 봐도 그냥 평범한 청년이다. 그런데 좀 전에
한국인 깡패에게 무방비로 당하던 모습으로 보자면 지금 저
말을 하기 위해서 청년이 얼마나 커다란 용기를 냈을까를 짐
작해 볼 만하다.

단기계약

"이것도 인연인데, 그쪽 이름이나 압시다."

김강한이 불쑥 꺼내는 말에 곱상 청년이 가볍게 당황하다
가는 조심스럽게 대답한다.

"김유성입니다!"

"김씨? 나하고 종씨네?"

김강한이 싱긋 웃고 나서 중산을 보며 말한다.

"여기 소주 두 병하고 알탕 하나만 더 시키지? 알탕이 제법
먹을 만하네."

중산이 저도 모르게 설핏 인상을 쓰지만, 기왕에 포기한 바
이니 순순히 인상을 풀며 종업원을 부른다. 김강한이 소주 한
잔을 입에 털어 넣고 안주로 알탕 국물 한 숟가락을 입에 떠

넣는 것을 지켜보고 있다가 김유성이 조심스럽게 입을 연다.

"혹시 경찰의 도움을 받을 수 있을 거라고 생각하신다면…
그건 크게 잘못 생각하시는 겁니다. 신고를 해도 경찰은 상황
이 다 종료되고 난 뒤에나 나타날 테니까요."

"호, 그래요? 그건 또 왜 그런가요?"

다시 한 잔을 비우면서 김강한이 무덤덤하게 묻는다.

"말씀드린 대로 한국 깡패들의 뒤에 다시 야쿠자가 있기 때
문입니다. 여기 바로 앞쪽이 가부키초인데, 가부키초에서 야
쿠자가 관련된 시비에는 경찰도 개입하기를 꺼리거든요."

"가부키초?"

김강한의 반문에는 중산이 대신 대답한다.

"대규모 환락가입니다."

"그래?"

김강한이 건성으로 받으며 김유성에게 재차 묻는다.

"혹시 그 야쿠자들, 나카야마카이 소속이오?"

김유성이 언뜻 눈을 크게 뜨며 대답한다.

"예. 이곳 신주쿠는 물론이고 도쿄 전체가 다 나카야마카
이의 영역이라고 할 수 있습니다."

"그렇군."

고개를 끄덕인 김강한이 힐끗 중산을 보며 덧붙인다.

"잘됐네."

그리고 중산이 미처 어떤 반응을 보이기도 전에 김강한의

시선이 다시 김유성에게로 돌아간다.

"김유성 씨, 지금 갑자기 생각이 난 건데, 나랑 계약 하나 맺을 생각 없소? 아주 짧게 단기계약으로."

"예? 그게 무슨 말씀이신지……?"

"그러니까… 김유성 씨가 할 일은 단지 우리와 함께 여기에 있어주기만 하면 되는 것이오. 내가 그만 됐다고 할 때까지. 음, 상당히 위험할 수도 있으니까 고위험수당을 감안해서 시급으로 100만 원, 그러니까 엔화로 해서 10만 엔 쳐주겠소. 어때요? 한번 해보지 않겠소? 아, 물론 당신 안전에 대해서는 우리가 책임질 것을 약속하겠소."

그 말에는 중산이 의아한 빛으로 김강한을 보지만, 섣불리 끼어들지는 않는다. 잠시 생각하는 기색이던 김유성이 문득 김강한을 똑바로 응시하면서 묻는다.

"어떻게 믿습니까?"

"뭘? 돈 말이오?"

"그것보단 제 안전을 책임지겠다는 약속 말입니다."

김강한이 싱긋 웃으며 간단히 받는다.

"판단은 어디까지나 당신 몫이오."

다시 잠깐 김강한을 응시하고 있더니 김유성이 이윽고 고개를 끄덕인다.

"좋습니다. 바라신다면 기꺼이 그렇게 하겠습니다."

그러고는 차라리 편해진 기색으로 그가 희미하게 미소를

떠올리지만, 굳은 채로 가늘게 떨리는 입꼬리가 제대로 웃음
기를 그려내지는 못한다.

"아 참, 당신 차 말이오."

김강한이 다시 불쑥 말을 꺼낸다.

"예? 아, 예!"

"그거 비싼 차요?"

"아닙니다. 겉은 그런대로 멀쩡하지만 엔진이랑 변속기 등
은 거의 폐차 수준인 고물찹니다."

"내비는 달려 있고?"

"예. 업데이트한 지는 꽤 오래되었지만……."

"그 차, 나한테 파시오."

"예?"

"얼마나 쳐주면 되겠소?"

갑작스러운 얘기에 김유성이 눈만 멀뚱거리는데, 보고 있던
중산이 더는 참지 못하고 끼어든다.

"대표님, 갑자기 차는 왜? 어디에 쓰시려고……?"

그러나 김강한이,

"그건 알 거 없고."

하며 간단히 자르고는 지갑을 꺼낸다. 지갑 안에는 만 엔
짜리 지폐가 빼곡하다. 이철진이 챙겨 주었으나, 아직 한 푼도
쓰지 않은 그대로다. 김강한이 손에 집히는 대로 지폐를 빼서
보니 대충 열다섯 장, 그러니까 십오만 엔쯤 된다.

"이거면 되겠소? 모자란다면 더 주고."

김강한이 지폐를 내밀자 김유성이 화들짝 놀라며 두 손을 내젓는다.

"아, 아닙니다! 이건 너무 많습니다! 받을 수 없습니다!"

그러나 김강한이 짐짓 인상을 쓰며,

"받아요. 그리고 차 키 나한테 주고."

하고 명령하듯 말하자, 그 기세에 눌린 듯이 김유성이 어정 쩡하게 지폐를 받고는 주머니에서 차 키를 꺼내 건넨다.

"차는 어디 있소?"

"바로 아래쪽의 공영 주차장에 세워놓았습니다. 그리고 차 번호는 키 고리에 새겨져 있습니다."

"차는 쓰고 나서 아무 데나 버릴 수도 있으니까 당신은 미 리 도난신고를 해두든지 나중에 곤란하지 않도록 미리 조치 를 해두는 게 좋을 거요."

"알겠습니다. 무슨 사정인지는 모르겠지만, 시키시는 대로 하겠습니다."

김유성이 순순히 고개를 끄덕인다. 그러더니 받은 지폐에서 몇 장만 챙기고는 나머지를 테이블 위로 내려놓으며 조심스럽 게 김강한 쪽으로 밀어놓는다.

"차값은 이것만으로도 지나치게 과분합니다."

김강한이 설핏 표정을 찡그린다. 그러고는 테이블 위의 지 폐를 다시 김유성의 앞으로 되밀어놓으며 짐짓 불퉁한 투로 뱉는다.

"괜히 계산 복잡하게 만들지 말고 차값으로 많다 싶으면 아까 말한 시급을 먼저 계산한 걸로 치시오. 나중에 부족한 부분은 추가로 계산하도록 하고."

김유성이 잠시 망설이다가는 깊숙이 머리를 숙인다.

"고맙습니다. 도와주시려는 배려로 알고 감사히 받겠습니다."

성동격서(聲東擊西)

"도대체 어쩔 생각이십니까?"

나직이 묻는 중산의 표정이 무겁다. 김강한이 희미하게 웃음기를 떠올리고는 불쑥 되묻는다.

"성동격서(聲東擊西)라는 말 들어봤어?"

중산이 의아하다. 들어보기야 했지만 갑자기 그 말을 꺼내는 저의에 대해.

"여기가 나카야마카이의 영역이라며? 그럼 여기서 우리가 한바탕 난리를 치면 저쪽에서 몰려들 거 아냐? 최소한 이쪽으로 이목이라도 집중될 것 아니냐고."

"그거야……"

"그때 우리는 몸을 빼서 요코하마로 가는 거지."

중산이 내심 나직이 한숨을 쉬고는 힘 빠진 목소리로 받는다.

"그런 수가 통하기에는 나카야마카이의 조직이 너무 크고 방대합니다. 기껏 우리 두 사람으로 흔들어보기에는 도저히 역부족이라는 말씀입니다."

그 약속 지켜!

그러나 그 말을 하고 나서 중산은 곧바로 흠칫 긴장하고 만다. 김강한이 웃음기 사라진 얼굴로 가만히 그를 응시하고 있는 때문이다.

"도저히 역부족? 당신이 그걸 어떻게 단정하지?"

김강한의 묻는 투가 차라리 담담해서라도 중산이 감히 쉽게는 답을 하지 못하는데, 김강한이 천천한 투로 말을 이어간다.

"해보지도 않고서 어떻게 그럴 거라고 단정하냐고? 그리고 설령 그렇다고 쳐. 당신 말대로 우리 두 사람으로는 도저히 역부족이라고 치자고."

김강한의 목소리에 이윽고 날이 서기 시작한다.

"그렇다고 계속 몸이나 사리면서 놈들의 주변이나 빙빙 돌고 있을 거야? 기왕에 여기까지 왔으면 어떻게라도 해봐야 할 거 아냐? 그리고 내가 일본으로 가자고 그랬을 때, 당신, 뭐라고 그랬어? 내가 당신한테 당신은 그냥 놈들한테 가까이 갈 수 있도록 안내만 해주면 된다고 한 말에 당신이 뭐라고 했냐고? 고작 그런 역할이라면, 안내만 하는 역할이라면 안 하겠다고 하지 않았어? 그녀를 구하는 일에는 기꺼이 목숨을 걸겠다고 했어, 안 했어? 그 말, 그냥 똥폼이나 잡자고 해본 말이었어?"

중산이 이윽고는 시선을 아래로 떨어뜨리고 만다.

"죄송합니다."

김강한의 말이 옳아서는 아니다. 다만 그 역시도 뚜렷한 대책을 제시하지 못하고 있는 데 대한 미안함이다. 김강한이 슬쩍 기세를 늦춘다.

"나도 알아. 당신한테 내가 무모하고 황당하게 보이리라는 거. 그렇지만 아무것도 안 하고 있는 것보단 나을 거 아냐? 예전에 어디선가 읽은 적이 있는데 말이야, 진짜로 아무런 방법이 없을 때는 일단 무작정 부딪쳐 보는 것도 하나의 방법이라고 하더라고. 그러다 보면 미처 생각하지 못한 틈이나 실마리가 새롭게 생기기도 한다는 거야. 지금 우리 상황도 딱 그런 거잖아? 그러니 아무 방법이 없다고 쓸데없이 머리나 굴리면서 그냥 주저앉아 있는 것보다야 무식하지만 한바탕 난리라도 치다 보면 미처 기대하지 못한 무슨 수가 생길 수도 있는 거 아니냔 말이야."

김강한이 잠시 틈을 두었다가 다시 말을 잇는다.

"자, 다시 말할 테니까 들어봐. 효과가 있을지 없을지, 가능할지 불가능할지 하는 따위는 미리 따지지 말고 일단 한번 저

질러 놓고 보자고. 일단은 놈들의 관심을 이쪽으로 한번 집
중시켜 보자고. 그래 놓고 나서 요코하마로 가면 어쨌든 조금
이라도 나을 거 아냐? 지금 형편으론 딱히 더 나은 수도 없잖
아? 안 그래? 뭐 다른 수라도 있으면 말을 해보든가."

그러나 중산이 딱히 할 말이 있을 리는 없는데, 김강한이
다시 목청을 높인다.

"그리고 말이지, 오사카에서 당신이 분명히 그랬잖아? 그때
당신 말대로 따라주는 대신에 다음부터는 절대적으로 내가
하자는 대로 다 하겠다고! 내 말에 무조건 절대복종하겠다고!
그 약속 지켜!"

중산이 역시나 할 말이 없다. 또한 사실인 것이다. 그가 그
저 입을 꾹 다물고 있는데, 김강한이 싱긋 미소를 떠올리며
슬쩍 목소리를 낮춘다.

"어떻게 하든 간에 그녀를 구해서 데리고 나오면 되는 거
아니겠어?"

시간을 때우기 위한

김강한이 소주 몇 병과 또 다 먹지도 못할 이런저런 안주
들을 시키면서 다른 테이블로 자리를 옮긴다.

가게의 가장 안쪽에 있는, 가슴 높이까지 칸막이가 빙 둘러
쳐진 닫힌 공간인데 4인용 테이블 두 개가 놓여 있다.

중산은 내내 무거운 얼굴이다. 김강한이 왜 굳이 자리를 옮겼는지를 짐작하고도 남는 때문이다.

"자, 일단 한 잔씩 합시다!"

김강한이 두 사람에게 잔을 권한다. 중산은 마지못해, 그리고 김유성은 그런 중산 때문에라도 어정쩡한 모양새로 술잔을 든다.

"김유성 씨 얘기 좀 들어봅시다. 뭔가 사연이 많을 것 같은데?"

한 잔을 쭉 비워내고 하는 김강한의 말에 김유성이 겸연쩍은 웃음을 떠올린다.

"말씀드리기에는 부끄럽고 구질구질한 사연들입니다."

"뭐, 누구한테나 구질구질한 사연 몇 개쯤은 다 있는 거 아니겠소?"

김강한이 피식 웃으며 받는 말에 김유성이 훌쩍 잔을 마저 비우고는 잠시 생각을 정리하는 모양새다.

중산이 또한 한입에 잔을 비워낸다. 김강한이 김유성에게 말을 시키는 이유가 시간을 때우기 위한 것임을 짐작하는 이상, 그도 이제 차라리 마음을 비우고 있는 중이다.

저팬 드림

김유성은 신주쿠의 잠들지 않는 거리 가부키초(歌舞伎町)에 있는 일명 호빠의 선수다. 호빠는 호스트 클럽, 혹은 호스트 바를 뜻하는 말이고, 선수라는 것은 호빠에서 일하는 남성 접대부를 말한다. 27살인 김유성은 대학 졸업 후 이름만 그럴듯한 취업 준비생으로 이런저런 알바를 전전하던 중에 소위 저 팬 드림에 낚인 케이스다.

[일본 취업. 남자 사원 모집. 신장 174cm 이상. 외모 풋풋하신 분 연락 바람.]

생활 정보지에 실린 광고를 보고 전화했더니 일본 호빠에서 일하면 월 최소 300만에서 400만 원의 수입이 보장된다고 했다.

'눈 딱 감고 3년만 일하자! 악착같이 모아서 1억 원만 만들어 오는 거다!'

그런 각오로 비싼 소개료를 주고 일본으로 건너온 게 그의 서글픈 저팬 드림의 시작이었다.

그가 일을 시작한 한국 호빠는 다른 대부분의 한국 호빠처럼 불법 영업을 하는 곳이었다. 호빠로 정식 등록할 경우 세금이 비싸다는 것과 또 무비자로 입국한 선수들의 고용이 영업정지의 사유가 되기 때문이다. 단란 주점을 빌리는 형태로 주점의 영업이 끝나는 시간부터 영업을 시작하는 그 호빠에서 그는 밤 12시에 출근해서 새벽 6시에 퇴근하는 생활을 했다.

호빠의 메인 고객은 서글프게도 일본으로 건너와 룸살롱

이나 단란 주점 등으로 진출한 한국인 호스티스들이다. 일명 나가요 파 언니들. 그녀들도 남성 고객들로부터 받은 스트레스를 풀 곳이 필요한 것이다. 그녀들이 하룻밤에 쓰는 돈은 적게는 20만 엔에서 많게는 80만 엔. 간혹 선수들이 독한 술을 원샷하거나 아양을 떨면 지갑에서 3만에서 4만 엔의 팁이 즉각 나오기도 한다. 술도 5만 엔짜리 와인에서부터 비싸게는 50만 엔짜리 양주를 시키기도 한다.

호빠의 급여는 철저히 능력급제이다. 고정된 기본 월급이 없고 대신 자기 손님이 호빠에 찾아와 술을 팔아주면 무조건 수입의 50%를 챙기는 형태이다. 그러나 아무런 인맥도 없이 일본으로 건너온 그가 자신의 손님을 만드는 건 결코 쉬운 일이 아니다. 집세가 워낙 비싸서 다른 선수 7명과 함께 방 4개짜리 2층집을 월세 28만 엔에 얻어 공동생활을 했는데, 한 달에 5만 엔씩 갹출하는 생활비를 부담하기조차 버거웠다.

활로는 스폰서를 잡는 것이다. 잘나가는 선수들의 경우 자기 스폰서로부터 고가의 선물과 월급까지 받고 아예 숙소를 스폰서의 집으로 옮기는 경우도 있다. 그도 절치부심의 노력 끝에 드디어 스폰서 하나를 잡는 데 성공했다. 단란 주점에서 일하는 호스티스다. 그녀는 단골도 제법 있어서 꽤 잘나가는 것 같았고, 모아둔 돈도 적지 않은 듯했다. 삼십 대 초반으로 그보다 대여섯쯤 나이가 많았지만, 이 바닥에서 그게 무슨 대수인가? 그녀로부터 값비싼 루이비통 지갑과 10만 엔이 들어 있는 봉투를 받은 날에는 이제 고생이 다 끝났다는 생각도 했다. 전설처럼 전해지는 얘기들로 누군가 받았다는 롤렉스나 까르띠에 시계, 아르마니나 베르사체 옷 등 많게는 몇 천만 원 대에 이르는 고가 선물은 아니지만, 그 정도로도 운수대통이라고 여겼다. 그런데 결론적으로 그건 행운이 아닌 파멸의 길이었다. 잘못된 스폰서였다. 하필이면 '아저씨'가 있는 호스티스였던 것이다.

'아저씨'는 호스티스를 보호해 주는 야쿠자를 뜻한다. 야쿠자들은 업소를 보호해 준다는 명목으로 일정액을 상납받는데, 업소마다 다르지만 보통은 한 달에 10만 엔 선이다. 그런데 여기에 한국에서 건너온 깡패들이 끼어든다. 깡패들은 야쿠자 조직의 말단으로 들어간 뒤 한국인이 경영하는 호빠와 룸살롱들을 관리하면서 착취하는데, 보호비로 무려 월 50만 엔을 요구하기도 한다. 뿐만 아니다. 호스트와 호스티스들에게도 일수를 강요하는데, 이를테면 25만 엔에서 무조건 5만 엔의 선이자를 뗀 다음 나머지 20만 엔에 대해 고리로 일수를 쓰라고 강요한다. 그리고 하루라도 일수를 찍지 못하면 벌금이 3만 엔이라는 식이다. 그러나 어디에다 하소연할 데도 없다. 당장 눈앞의 주먹이 무서우니 시키는 대로 할 수밖에 없다. 이런 상황에서 그나마 여건이 되는 호스티스들은 아저씨를 둠으로써 조직의 말단 서열에 있는 한국인 깡패를 무시할 수 있다. 반면에 호스트들에게는 그로 인한 불문율이 있다.

'아저씨가 뒤에 있는 스폰서는 아무리 돈이 많다고 하더라도 절대 건드려서는 안 된다.'

김유성은 그 불문율을 어긴 것이고, 결국 아저씨에게 걸려 초죽음이 되도록 구타를 당했다. 그것으로 끝이 아니었다. 손해배상. 그 때문에 스폰서가 일을 제대로 못 했으니 손해배상을 하라고 했다. 무려 오백만 엔. 감히 갚을 엄두조차 내볼 수 없는 엄청난 금액이다. 거기에 계속 폭리의 이자가 붙으니 영구히 노예로 삼겠다는 것이나 마찬가지였다. 그때부터 지옥이 시작되었다. 일주일 단위로 이자를 내야 하는 날이 되면 어김없이 아저씨의 꼬붕들, 즉 한국인 깡패들이 그를 찾아왔다. 놈들에게 여권을 빼앗긴 탓에 한국으로 돌아갈 수도 없고, 단기 체류 기간이 지나 이미 불법체류자의 신분이 되었으니 경찰의 도움도 구해볼 수 없는 처지로, 절망의 나락에 빠져 하루하루를 견디고 있는 중이었다.

순식간에, 그리고 너무나 간단하고도 쉽게

문득 가게 입구 쪽이 소란해지는 느낌이다. 칸막이 너머로 보니 사내 네 명이 안으로 들어서고 있는데, 사뭇 거친 기세다. 그런데 사내들의 맨 앞에 선 자는 아까의 그 한국 양아치 말상 사내다.

등을 지고 앉았다가 흘깃 뒤를 돌아본 김유성이 움찔 몸을 떠는데, 대번에 공포에 질리고 마는 모습이다. 몸에 배어버린 공포가 반사적으로 발동된 것이리라. 김강한이 가볍게 고개를 끄덕여 주고 나서야 그는 조금 진정이 되는 기색이다.

말상 사내가 카운터로 가서 뭐라고 묻는 듯하더니 함께 온 덩치들에게 가게 안쪽을 가리킨다. 그러자 개중 100킬로그램은 족히 넘어 보이는 덩치가 앞장서면서 놈들이 성큼성큼 걸어오기 시작한다. 다만 그런 중에 말상 사내는 아무래도 김강한에 대한 두려움이 아직 가시지 않았는지 슬쩍 뒤쪽으로 빠져서 따라붙는 모양새다.

놈들이 빠르게 다가오는 걸 보고 중산이 일어서려는 것을 김강한이 가벼운 고갯짓으로 말린다. 그런 틈에 이윽고 놈들이 가까이 다가왔고, 선두에 선 덩치가 말을 섞을 것도 없이 곧장 김강한의 멱살을 잡아온다. 그러나 다음 순간 덩치는 헛바람을 토해낸다.

"헉!"

어느 틈에 김강한의 주먹이 놈의 명치에 꽂힌 때문이다. 그대로 주저앉으려는 놈을 슬쩍 잡아끌어 옆자리의 빈 의자에 앉힌 다음 김강한이 가볍게 몸을 일으킨다.

"어?"

그제야 뒤에 서 있던 놈들 중에서 놀람의 소리가 터져 나온다. 그러나 그 소리는 제대로 나오지도 못한다.

파팍!

김강한의 원투 스트레이트가 놈들의 관자놀이를 연타하고, 이어 고목나무 쓰러지듯 하는 두 놈을 김강한이 가볍게 안아서 테이블 아래쪽의 바닥으로 조용히 눕힌다.

그 일련의 과정은 순식간에, 그리고 너무나 간단하고도 쉽게 흘러갔다. 말상 사내가 창백하게 질린 채로 두 눈만 크게 뜨고 있는 중에 김강한이 그를 향해 가볍게 손짓한다. 순간 말상 사내가 그대로 무너져 내리면서 엎어지듯이 무릎을 꿇는다.

"아!"

김유성이 뒤늦게 놀람인지 탄성인지 모를 소리를 흘려낸다.

판단과 계산

"손님들, 저 사람들은 야쿠자입니다! 아시는지 모르겠지만, 이 지역 야쿠자는 보통의 야쿠자가 아닙니다! 나카야마카이라고, 일본에서 세 손가락 안에 들어가는 아주 크고 유명한 야쿠자 조직입니다! 그러니 최대한 빨리 여기를 떠나서 한국으로 돌아가십시오! 자칫 지체했다가 그자들에게 붙잡히기라도 하면 정말 큰일 납니다!"

얼굴이 사색이 되지 않았다면 느긋하고 인심 좋은 인상이었을 육십 대 가게 사장의 유창한(?) 한국말이다. 김강한 일행에 대한 염려로 들리지만, 한편 자신의 입장과 사정도 크게 곤란하게 됐다는 뜻이기도 하리라.

"걱정해 주시는 건 고맙습니다! 자세한 사정을 설명하기는 어렵지만, 아무래도 폐를 좀 끼칠 수밖에 없을 것 같습니다!"

김강한이 짐짓 간결하고도 단호하게 말을 하는 중에 지갑을 꺼내 안에 든 지폐를 전부 빼낸다. 만 엔짜리 지폐로 서른다섯 장, 삼십오만 엔이다. 그 돈을 전부 사장에게 내밀며 그가 다시 말을 잇는다.

"지금 가진 것은 이것뿐입니다! 그러나 부족한 부분이 있다면 한국에 돌아가는 대로 반드시, 그리고 충분히 배상하겠습니다!"

여지를 주지 않는 김강한의 기세에 가게 사장은 저도 모르게 한차례 부르르 몸을 떤다. 그러나 설핏 질린 얼굴로도 그는 재빠르게 상황 판단을 내린다. 시비의 한쪽이 나카야마카이인 이상 경찰에 신고할 엄두를 내지는 못한다. 그리고 지금 감히 나카야마카이를 상대로 한판 붙어보겠다고 결의를 보이고 있는 이자들 또한 보통의 인물들은 아닌 것이 분명하다. 그렇다면 어차피 그가 뭘 어떻게 해볼 수 있는 상황은 아니다. 그리고 삼십오만 엔이면, 기물 파손이나 영업 피해를 포함해서 웬만큼은 배상이 될 터이다. 물론 '부족한 부분이 있다면 한국에 돌아가는 대로 반드시 배상하겠다'는 말은 믿지 않는다.

가게 사장의 움직임이 바빠진다. 방금 전의 소란에도 불구하고 아직도 자리를 지키고 있는 몇몇 테이블의 손님들에게 피치 못할 사정으로 인해 영업을 마치겠으니 그만 나가달라고 정중하게 양해를 구한다.

약자(弱者)

말상 사내에게 함께 온 패거리의 서열을 물었더니 역시나 '100킬로가 넘는 덩치'가 제 놈들의 우두머리란다. 중산이 나서서 나머지 셋을 안쪽의 벽을 향해 꿇어앉히고 덩치는 김강한의 바로 옆에다 무릎을 꿇린다. 이미 김강한의 압도적인 무력을 맛본 놈들은 감히 반항할 엄두를 내지 못하고 중산이 시키는 대로 순순히 따른다.

"이름이 뭐냐?"

김강한의 물음에 덩치가 오히려 힘주어 입을 다문다. 기가 꺾이긴 했지만, 그래도 우두머리로서의 체면 내지는 깡을 보여주겠다는 의지일까? 그러나 곧장 김강한의 일격이 놈의 뒤통수를 후려갈긴다.

퍽!

비명을 내지를 틈도 없이 놈의 머리가 그대로 바닥에 처박힐 듯이 휘청 아래로 숙여졌다가는 겨우 다시 올라온다.

"이 쓰레기 같은… 아니, 쓰레기만도 못한 놈들아, 세상에 어디 할 짓이 없어서 일본까지 와가지고 같은 한국인들의 피나 빨면서 사냐?"

충격에서 겨우 벗어나는 덩치의 눈빛에 설핏 날카로운 독기가 감돈다. 그러나 매를 벌 뿐이다.

퍽!

퍼억!

놈의 머리통과 어깨에 김강한의 매운 손바닥이 잇달아 작렬한다.

"큭!"

"악!"

비명을 내지르며 고통스러워하는 놈에게 김강한이 다시 훈계다.

"사람마다 사정이 있다고 치자! 그러나 기왕에 일본까지 와서 양아치 노릇을 해야 할 것 같으면 여기 현지인들을 상대로 하지, 왜 하필 고생하는 동포의 고혈을 빠느냐 이 말이다, 이 썩을 놈들아!"

그러곤 다시 매타작이 이어진다.

콱!

짜악!

계속해서 목덜미며 옆구리를 내려치고 쥐어박자 놈은 아예 바닥으로 무너져 내리더니 머리를 무릎 사이에 박고서 온몸을 잔뜩 오그린다. 김강한이 그런 놈의 몸 구석구석을 발끝으로 찍어 찬다.

툭!

쿡!

생각 없이 차는 것 같지만, 곳곳이 다 지독한 고통을 안겨 주는 급소다. 놈이 비명도 제대로 뱉지 못하고서 입만 딱딱 벌리더니 이윽고는 낯빛이 하얗게 질려간다. 그리고 김강한이 잠시 발길질을 멈춘 틈에 죽는 소리로 애걸한다.

"잘못했습니다! 제발… 용서해 주십시오! 시키시는 대로… 무엇이든 다 할 테니… 제발… 살려만 주십시오!"

그런 놈에게서는 좀 전의 깡이나 독기는 조금도 찾아볼 수가 없다. 지금 모습만 보자면 놈은 그냥 세상에서 가장 불쌍하고 비굴한 약자(弱者)의 모습일 뿐이다.

"이름이 뭐냐니까?"

김강한이 느긋하게 묻자 녀석이 총알처럼 대답한다.

"옛! 김태석! 김태석입니다!"

계획의 범주

김강한이 김태석에게 군이 그렇게까지 할 필요가 있겠느냐 싶을 정도로 심한 폭행을 가한 데는 따로 이유가 있다. 바로 김유성에게 여권을 되찾아주기 위함이다.

김유성이 계속 일본에 남아 있게 된다면 나중에 놈들로부터 또 어떤 괴롭힘을 당할지는 쉽게 짐작되는 바다. 그렇다고 지금이 아니면 그를 위해 무엇을 해줄 방법은 없으니 이번 참에 아예 한국으로 돌아갈 수 있도록 해주려는 것이다.

그런데 김태석이 처음에 하는 꼬락서니를 보아하자니 쉽게 굽히고 들 성격이 아니어서, 대충 다뤄서는 혹시 잔머리를 굴릴 여지도 있어 보이기에 아예 제대로 굴복시켜 놓고자 한 것이다.

김유성의 여권이 사무실 자신의 책상 안에 있다는 김태석의 말에 김강한은 말상 사내를 보내기로 한다.

물론 말상 사내가 순순히 여권을 가져오리라는 확신은 없다. 그러나 설령 말상 사내가 어떤 꼼수를 부린다고 해도 그것이 오늘 밤 그가 계획하고 있는 범주에서 크게 벗어나지는 않을 것이라는 생각이다. 다만 여권만 가지고 오기를 바랄 뿐이다.

재주껏 불러내!

말상 사내가 가게를 나간 뒤 김강한은 김태석에게 '아저씨'를 부르라고 한다. 김태석이 곧장 고민에 빠지는 모습이 된다. 역시 아저씨를 부르고 난 뒤의 뒷감당에 대한 고민이리라. 그러나 지금 그의 처지에서야 뒷감당을 걱정할 때는 아닐 것이다. 당장 눈앞의 일을 감당하는 것이 우선일 테니 말이다.

"무슨 이유를 대든 놈이 의심을 갖지 않고 순순히 나오도록 재주껏 불러내."

김강한이 담담한 빛으로 주문한다. 이어 당근도 잊지 않는다.

"놈만 불러내면 네가 할 일은 끝이야. 곱게 보내주겠다고 약속하지."

김태석이 이윽고 휴대폰을 꺼낼 때다. 가만히 지켜보고 있던 중산이 그의 손에서 휴대폰을 낚아채고는 묻는다.

"그자, 이름이 뭐야?"

순간 김태석의 표정이 떨떠름하게 변하지만 쭈뼛거리며 대답한다.

"스가누마입니다."

"전화번호는?"

김강한이 희미하게 웃는다. 김태석이 혹시라도 딴짓을 하지 못하도록 하기 위한 중산 나름의 깐깐함일 텐데 어차피 별 의미를 두기는 어려운 깐깐함이리라. 번호를 누른 중산이 다시 김태석에게 휴대폰을 넘겨준다.

"통화해!"

김태석의 일본어는 전혀 알아듣지 못하는 김강한이 듣기에도 더듬거리는 수준이다. 전화 저쪽에서는 곧장 짜증 섞인 반응이 돌아오는데, 그런 중에도 김태석이 어렵사리 둘러대는 모양새다. 그러더니 이윽고 저쪽에서 마지못한 듯 이리로 오겠다는 반응을 보이는 듯하다.

말상 사내가 돌아온다. 조심스럽게 여권을 내미는 모습에서 감히 다른 꼼수를 부리지는 못한 모양새다.

"선생님, 감사합니다! 정말 감사합니다!"

여권을 건네받은 김유성은 사뭇 감격한 모습이다. 그러나 그의 선생님 소리가 문득 귀에 거슬려 김강한이 가볍게 인상을 쓰며 묻는다.

"아까 나이가 어떻게 된다고 했소?"

김유성이 설핏 당황하는 빛이 된다. 저도 모르게 뭔가 잘못을 저질렀나 하는 기색이다.

"스물… 일곱입니다."

"나보다 한참 밑이네. 그럼 뭐, 서로 잠깐 스쳐 가는 인연인데 선생님이니 뭐니 낯간지러울 것 없이 그냥 형이라고 부르지?"

김유성이 잠시 얼떨떨해하더니 곧장 꾸벅 고개를 숙인다.

"감사합니다, 형님."

"감사는 무슨……."

김강한이 조금은 겸연쩍어서 흘깃 중산 쪽으로 시선을 주는데, 중산이 무덤덤한 기색으로 그를 보고 있다.

'참 한가하다.'

그런 얼굴이다. 그러나 중산도 안다. 김강한이 지금 시간을 때우고 있다는 것을. 다음 차례의 손님들이 올 때까지. 그리고 그가 차츰차츰 일을 키워가고 있다는 것을.

아저씨

한 사내가 가게로 들어서고 있다. 한참 거리를 두고 보기에도 거구다. 김강한이 힐끗 김태석을 돌아보자 벌써부터 질린 기색이 되어 있던 그가 얼른 고개를 끄덕인다. 거구 사내는 바로 '아저씨'다.

김강한의 눈짓을 받은 김태석이 잠시 멈칫거리다가는 떨어지지 않는 발걸음을 겨우 옮기는데, 그런 놈의 등 뒤에 잔뜩 움츠린 두려움이 무겁게 매달려 있다.

한 덩치 한다고 해야 할 김태석이지만 아저씨에게 가까이 다가서자 오히려 왜소하다는 느낌이 들 정도인데, 그때 갑자기 '짝!' 하는 오지도록 차진 소리와 함께 김태석의 덩치가 간단히 허공에 붕 뜨다시피 해서 두어 걸음이나 날려 가더니 철퍼덕 바닥에 내팽개쳐진다. 그러나 만만치 않았을 충격에도 불구하고 김태석은 다급하게 몸을 일으켜 아저씨의 앞에 넙죽 허리를 숙이는 모습이다. 평상시 아저씨의 위세가 얼마나 대단한지를 여실히 짐작케 해주는 광경이다.

김태석이 시종처럼 앞장서서 안내하고 아저씨가 뒤를 따르는데, 드럼통처럼 우람한 몸통에 웬만한 남자들 허벅지 굵기의 두 팔을 휘적거리며 뒤뚱뒤뚱 걷는 모습에서 아저씨는 마치 스모 선수를 연상시킨다.

이윽고 김강한의 앞에 와서 버티고 서는 아저씨는 그야말로 거구다. 가까이서 보니 더 거대하다. 140킬로그램은 넘지 않을까? 여전히 의자에 앉은 채인 김강한을 내려다보며 아저씨가 피식 실소한다. 그러곤 홀러덩 윗옷을 벗어젖힌다. 안에는 흰색의 민소매 티셔츠다. 그리고 손목에서부터 팔뚝, 넓은 라운드넥 덕에 드러나는 목 아랫부분 등, 밖으로 노출된 모든 부위가 온통 검푸른 색의 문신인데 용인지 뱀인지 사뭇 요란하다. 문신을 과시라도 하듯이 육중한 가슴을 넓게 편 아저씨가 거만한 시선으로 좌중을 훑어본다.

작렬(炸裂)

아저씨가 간단히 김강한의 멱살을 잡아 온다. 그런 그의 한쪽 손바닥 면적만으로도 김강한의 얼굴이 다 가려지고도 남는다. 그런데 그 순간이다.

픽!

앉은 그대로 좁은 공간에서도 김강한의 발이 유연하게 곡선을 그리며 놈의 무릎 어림 굵은 허벅지 바깥쪽을 후려 찬다.

"윽!"

놈이 묵직한 비명을 뱉더니 그 거대한 몸집이 싱거우리만
치 간단히 바닥으로 주저앉는다. 이어 스스로의 육중한 몸무
게를 견디지 못하고 숫제 무릎으로 바닥을 찍어버린다.

쿵!

그러고서도 두 손으로 바닥을 짚고 겨우 균형을 잡는 놈의
뒷덜미에 다시 김강한의 손바닥이 호되게 떨어진다.

퍼억!

짜당!

놈이 결국은 중심을 잃고서 그대로 바닥에다 얼굴을 처박
는다. 그런 놈의 거대한 등짝에 김강한의 발뒤꿈치가 사정없
이 내려찍힌다.

콱!

이어 놈의 목덜미에, 또 옆구리에 김강한의 킥이 가차 없이
작렬한다.

"아악!"

"크윽!"

바닥에 처박힌 채로 놈이 거구를 들썩이며 연신 자지러지
는 비명을 토해낸다.

이건 이자다!

찍고, 패고, 차고…….

아저씨는 이제 그저 커다란 비곗덩어리에 불과하다. 충격이 가해질 때마다 으레 출렁거릴 뿐, 비명 소리조차 제대로 내지 못하고 있다. 그야말로 초죽음이 된 모양새다.

그처럼 사람 하나가 아주 작살이 나고 있는데도 누구도 와 보지 않는다. 그러고 보니 가게에는 아무도 없다. 손님들은 진 즉에 다 나갔고, 카운터와 주방으로 종종걸음을 치며 급하게 정리하던 가게 사장마저도 어느 틈에 사라지고 보이지 않는다.

"이 정도면 되겠어?"

김강한이 불쑥 묻는 말에 넋을 놓다시피 하고 있던 김유성 이 화들짝 당황한다. 그러나 그는 이내 그 물음의 뜻을 알 만 하다. 그가 당해온 만큼의 되갚음이 되었느냐는 의미이리라. 김유성이 김강한을 향해 정중하게 허리를 숙인다. 그러곤 테 이블을 돌아서 아저씨에게로 다가가서는 바닥에 처박힌 채인 놈의 얼굴을 그대로 걷어찬다.

퍽!

놈은 아예 정신을 잃었는지 별 반응이 없지만, 그래도 김유 성은 놈에게 또렷하게 뱉어준다.

"이건 이자다, 개새끼야!"

그런 김유성의 얼굴에 정말로 후련하다는 빛이 스친다.

부끄럽지 않게

"당신은 이제 그만 가봐."

김강한의 말에 김유성이 펄쩍 뛰듯이 한다.

"예? 그게 무슨 말씀입니까?"

"당신은 더 이상 여기 있어선 안 돼. 이제부터 일이 본격적으로 커질 것 같은데, 당신한테까지 신경을 써줄 여유가 없어."

사뭇 냉정하게 들리는 김강한의 그 말을 김유성은 눈치 빠르게 알아들은 듯하다.

"두 분은… 어쩌시려고?"

김유성이 걱정스러운 투인데, 김강한은 여전히 냉정하다.

"그건 당신이 걱정할 문제가 아니니까 신경 쓰지 말고 빨리 가."

김강한이 지갑을 꺼낸다.

"한 시간으로 치면 되지? 10만 엔?"

그러나 지갑을 열어보니 텅 비었다. 아까 가게 사장에게 탈탈 털어 준 걸 깜빡했다. 김강한의 시선이 힐끗 중산에게로 향한다. 중산이 얼른 지갑을 꺼내 만 엔짜리 지폐 열 장을 세서 김유성에게 내민다. 김유성이 황급히 두 손을 내젓는다.

"아닙니다! 이미 받은 것으로도 충분합니다!"

김강한이 가볍게 인상을 쓴다.

"빨리 받아. 시간 없어. 그리고 우리 때문에라도 야쿠자들의 추적을 받을 수 있으니까 가능한 서둘러서 한국으로 돌아가는 게 좋을 거야."

김유성이 잠시 생각을 정리하는 기색이더니 꾸벅 고개를 숙인다.

"오늘 정말 감사했습니다, 숙소에 가는 대로 짐 챙겨서 곧바로 한국으로 돌아가겠습니다. 그리고 이제부터는 절대 한눈팔지 않고 오로지 앞만 보고 열심히, 정말 부끄럽지 않게 당당하게 살겠습니다. 정말 고맙습니다, 형님."

그런 말을 들으려고 한 건 아닌데, 김강한이 기분이 좀 묘하다.

김유성이 다시금 정중하게 허리를 숙인다. 김강한에게, 이어 중산을 향해서.

이어 그는 걸음을 옮기면서도 다시 서너 번이나 뒤를 돌아보고 나서야 가게를 나간다.

『강한 금강불괴되다』 4권에 계속…

초대형 24시 만화방

신간 100%, 샤워실, 흡연실, 수면실(침대석), 커플석, 세탁기 완비

■ 광명 광명사거리역점 ■

경기도 광명시 오리로 986 광명사거리역 6번 출구 앞 5층
02) 2625-9940 (솔목타워 5층)

■ 강북 노원역점 ■

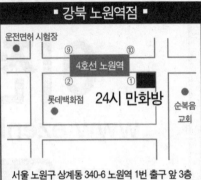

서울 노원구 상계동 340-6 노원역 1번 출구 앞 3층
02) 951-8324 (화용빌딩 3층)

■ 일산 정발산역점 ■

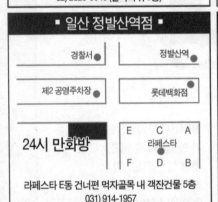

라페스타 E동 건너편 먹자골목 내 객잔건물 5층
031) 914-1957

■ 일산 화정역점 ■

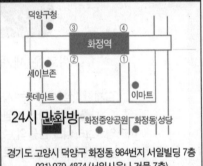

경기도 고양시 덕양구 화정동 984번지 서일빌딩 7층
031) 979-4874 (서일사우나 건물 7층)

■ 부천 역곡역점 ■

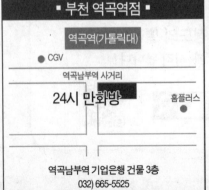

역곡남부역 기업은행 건물 3층
032) 665-5525

■ 부평역점 ■

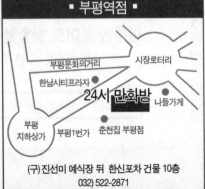

(구) 진선미 예식장 뒤 한신포차 건물 10층
032) 522-2871

너의 옷이 보여

킹묵 현대 판타지 소설

MODERN FANTASTIC STORY

꿈을 안고 입학한 디자인 스쿨에서
낙제의 전설을 쓴 우진.
실망한 채 고국으로 돌아오기 직전 교통사고를 당하고,
아무것도 보이지 않던 왼쪽 눈에
무언가가 보이기 시작한다.

그것도 어딘가 이상하게.

오직 그 사람만을 위한 세상에 단 한 벌뿐인 옷.
옷이 아닌 인생을 디자인하라!

디자이너 우진, 패션계에 한 획을 긋다!

Book Publishing CHUNGEORAM